VERDREHTE LÜGEN 1

SEDONA VENEZ

BESUCHEN SIE SEDONA
IM NETZ

Abonnieren Sie meine Newsletter, um über neue Veröffentlichungen,
Bonus Szenen oder Sales auf dem Laufenden zu bleiben.
https://sedonavenez.com/german-books/

One Wish Publishing

3348 Post Office Road #6321

Woodbridge, Virginia 22193

„Man sagt: *Die Zeit heilt alle Wunden.* Dem kann ich nicht zustimmen. Die Wunden bleiben. Mit der Zeit überzieht der Verstand sie zum Schutz seiner Vernunft mit Narbengewebe, und der Schmerz lässt nach. Aber er verschwindet nie."

-Rose Kennedy

PROLOG

SINTHIA

Manhattan. Die Gegenwart. M.C. (Mit Core)

Wie zum Teufel konnte das passieren?

Ich hasse ihn, aber ich will ihn.

Es war krank, elendiglich sogar, und ich konnte nicht genau sagen, was eigentlich mit mir passierte. Ich wusste nur, wenn ich in seiner Nähe war, erstickte er mich mit seinen heimtückischen Lügen und schmutzigen Geheimnissen, nur um mich dann auf grausame Weise wiederzubeleben. Und beschämenderweise liebte ich es.

Core trat vor und drängte mich gegen seinen Schreibtisch, so dass sich unsere Körper berührten. „Bereit zu vögeln, Sin?", flüsterte er mir ins Ohr.

Ich sog den Atem ein, als er die harte Beule in seiner Hose gegen meinen Bauch drückte. Wie hypnotisiert beobachtete ich, wie er nach mir griff. Seine groben Finger glitten über meine Wange, bevor sein dicker Daumen über meine Unterlippe strich und die Barriere meiner feuchten, geschwollenen Lippen überwand. Ich zuckte bei diesem sinnlichen Eindringen zusammen.

Ehrlich gesagt war ich mir gar nicht sicher, wie ich mit der Berührung eines Mannes umgehen sollte. Es war so lange her, dass ich vergessen hatte, wie gut es sich anfühlte, wenn mich eine starke Hand berührte.

Er schaute finster drein. „Sin, beweg dich nicht", forderte er heiser, während er mit der anderen Hand meinen Hinterkopf festhielt. „Zeig mir, wie sehr du es willst, wie sehr du *mich* willst. Leck ihn, Darling."

Ich sollte ihn aufhalten, bevor er noch weiter geht.

Ich wusste, was ich tun sollte, aber mein Körper war anderer Meinung. Ich war high von seinen Lügen und betrunken von seinem Hass. Jetzt gab es keinen Ausweg mehr. Wie aufs Stichwort fuhr ich mit meiner Zunge an seinem Daumen entlang, als wäre es sein Schwanz. Als er vor Lust knurrte, pulsierte ein Zittern durch meinen Körper, während sich meine Möse zusammenzog.

Gott, ich bin so am Arsch.

Unsere Lippen waren nur Millimeter voneinander entfernt. Das Verlangen und die Spannung waren fast mehr, als ich ertragen konnte. Abrupt entzog er mir seinen Daumen, hielt jedoch weiterhin meinen Nacken fest und zog kräftig an meinen Haaren, bevor er mit seinen Lippen meinen Mund in Beschlag nahm. Mir stockte der Atem, und ich wusste nicht, ob ich mich zurückziehen oder zulassen sollte, dass er weitermachte.

Wem mache ich etwas vor?

Ich konnte gar nicht darüber entscheiden, ob ich etwas zuließ oder nicht. Ich gehörte Core, und dieser eingebildete Bastard wusste das.

Ich stöhnte lustvoll auf, als sich seine Zunge um meine

wand und sie zum Spielen aufforderte. Er erweckte in mir ein Bedürfnis, das bis dahin in meiner Magengrube geschlummert hatte, ein Bedürfnis, das nur er stillen konnte.

Er ließ seine Hand zu meiner Hüfte gleiten, während seine Augen auf die meinen gerichtet waren. „Ich will dich. Jetzt", knurrte er.

Mein Puls raste, und mein Körper zitterte vor Verlangen. Dieser Mann ließ meine Entschlossenheit bröckeln. Auf teuflische Weise entblößte er mich emotional, ließ mich verletzlich bis auf die Knochen zurück. Er enthüllte einen Teil von mir, der besser verborgen geblieben wäre. Die Botschaft war klar. Er wusste, was ich brauchte, und er würde es mir geben, wenn ich ihm mein Vertrauen schenkte.

Er lächelte wie der fleischgewordene Teufel, als er mich losließ und sich mit gespreizten Beinen auf den Ledersessel setzte. Mein Magen kribbelte vor Begierde, als ich mich in die glühende Hölle begab, den Saum meines Kleides hochschob und mich rittlings auf seine Beine setzte. Ich schüttelte mein Haar aus, ließ meine Hüften kreisen. Er packte meinen Hintern und hielt mich fest.

Ich strich über seine Brust. „Dann nimm mich, McKay, bis nichts mehr von mir übrig ist." Ich beugte mich zu ihm vor und biss ihm auf die Unterlippe.

Er schenkte mir ein verschlagenes Lächeln, und in meinem Bauch flatterten die Schmetterlinge.

„Sündhaft." Er leckte mir langsam über die Unterlippe. Dann zog er sich zurück, und seine Augen fixierten mich mit einer Kraft, die mir den Atem raubte. „Gehörst du mir?", fragte er schroff.

Mein Herz raste vor Erregung. Ich wusste, dass er das Böse, die Lust und die Finsternis in einer Person war. Er hätte mir Angst machen sollen, aber das tat er nicht, denn ich war genauso abgefuckt wie er.

„Für immer", flüsterte ich.

„Ich lasse dich nie mehr gehen, Sin." Er neigte meinen Kopf nach hinten und küsste mich hart. „Was ich beanspruche, behalte ich."

Ich war eine Spinne, die in seinem Netz gefangen war.

„Und jetzt geh auf die Knie", befahl er barsch.

Das war er – der Moment der Wahrheit, der mein Schicksal besiegeln würde. Endlich setzte mein Selbsterhaltungstrieb ein.

Mein Verstand schrie wie eine Todesfee: *Lauf, Sin! Nimm die Beine in die Hand und lauf!*

Mein Körper spannte sich an und bereitete sich darauf vor, wegzurennen, als hinge eine Horde Paparazzi an meinen Stilettos.

Cores kalte graue Augen verengten sich. „Ich bin ein hartherziges, rücksichtsloses Arschloch, das keine Ahnung von Liebe und Beziehungen hat." Er zog mich nach vorne, eine Hand hielt meine Handgelenke fest umklammert, während seine Beine meine Knie auseinander drückten. „Und dir geht es ganz genauso." Seine freie Hand riss mir das Höschen herunter. „Perfektion ist völliger Schwachsinn."

Seine Hand glitt über meine Möse, zwei Finger schoben sich hinein, öffneten mich. Ich stöhnte auf, als ich mich fest um die Finger zusammenzog.

„Siehst du, Darling?" Er lächelte wissend. „Das ist unsere Realität. Sie ist roh, verrucht und wild – eine Verbindung auf einer Ebene, die nur wenige jemals erreichen oder sich auch nur erträumen können."

Ich hatte bei Weitem nicht alles im Griff. Was ich aber

wusste, war, dass Core kein Märchenprinz war, und ich war ganz sicher keine Prinzessin. Es würde kein Happy End für uns geben. Es würde harte Arbeit bedeuten, und was noch wichtiger war, es würde echt sein. Das Leben konnte nicht nur aus Tiaren und Rittern bestehen, die die Welt retteten.

Scheiß drauf! Ich würde meine verdammte Geschichte umschreiben und allein in den schwarzen Abgrund springen, denn ich suchte nichts, was ewig andauerte.

Ich leckte ihm über die Lippen, öffnete den Reißverschluss seiner Hose, legte meine Hände um seinen harten Schwanz und drückte fest zu. Er zischte, als er sich gegen den weichen Ledersessel lehnte und musterte mich intensiv, während ich auf die Knie rutschte.

Das war mein Geben. Das war sein Nehmen.

Und es gab kein Zurück mehr.

Bis dass der Tod uns scheidet...

KAPITEL 1
SINTHIA

Manhattan. **In der Vergangenheit. V.C. (Vor Core)**

Ich blinzelte die Freudentränen zurück. Ich, das Mädchen aus einfachen Verhältnissen, war an meiner Traumschule angenommen worden. Und Pessimisten wie Kyle Fillion – mein nichtsnutziger Ex-Freund – konnten mich am Arsch lecken.

Selbst nach all dieser Zeit konnte ich nicht glauben, dass seine hasserfüllten Worte immer noch so verdammt wehtaten.

In Wahrheit war ich mir nicht sicher, wofür ich mich mehr schämte – dass ich damals, als wir zusammen waren, so schwach gewesen war, oder dass es für ihn so einfach gewesen war, mein Herz und meinen Stolz mit Füßen zu treten.

Mein Herz raste, wenn ich nur schon an die Nacht dachte, die mein Ego zerstört hatte. Nein. Das ist längst Geschichte, und ich bin nicht mehr dieses naive Mädchen.

Ich unterdrückte den Schmerz mit aller Kraft.

Scheiß auf Kyle, und scheiß auf die Liebe!

Ein lautes Hupen riss meine Gedanken gnädigerweise aus ihrer depressiven Spirale. Ich sog einen Atemzug abgestandener, feuchter Luft ein, während der Taxifahrer fluchte und selbst hupte. Er murmelte etwas vor sich hin und klopfte auf das Lenkrad, gefangen im dichten Verkehr von Manhattan.

Verdammt, ich hätte einfach die U-Bahn nehmen sollen.

Ich biss mir auf die Unterlippe und blickte auf die Autos vor uns, die sich Stoßstange an Stoßstange drängten. Ich würde wieder zu spät zur Arbeit kommen, und Grace würde ausrasten. Ich schob mir ein paar blonde Strähnen aus dem Gesicht und strich über meinen Hals.

„Toll", murmelte ich.

Das Klingeln meines Handys riss mich aus meiner Ruhelosigkeit.

„Was gibt's, Jade?" Ich lächelte albern.

Nur Jade konnte mich vom Rande der Panik zurückholen.

„Was gibt's?" Sie machte eine dramatische Pause. „Mein Mädchen, Sinthia Michaels, ist da! Das gibt's. Ich freue mich so für dich, Sin. Ich wusste, du würdest es schaffen!" Jade schrie beinahe.

Wie ich sie kenne, führte sie wahrscheinlich mitten in Manhattan einen Freudentanz auf. Es war so süß, wie sehr sie sich für mich freute.

„Na ja, ich war mir da gar nicht so sicher. Die Aufnahme in die Modeschule war ziemlich schwierig und langwierig", antwortete ich.

Jade lachte. „Bitte. Du machst dir zu viele Sorgen. Du bist eine superbegabte Modedesignerin. Eines Tages wirst du deine heiße Kollektion in der Fashion Week auf den Laufsteg bringen. Und ich sitze dann in der ersten Reihe und freue mich, dass ich mir die ganzen Klamotten als Erste krallen darf."

Ich gluckste. „Danke, dass du meine lebende Schaufensterpuppe bist."

Die meisten meiner Kleidungsstücke hatte ich mit ihr als Ratgeberin entworfen. Sie war geduldig, enthusiastisch und immer für mich da, kurz alles, was eine beste Freundin sein sollte.

Welches andere High-School-Mädchen würde einer angehenden Designerin erlauben, ihr Kleid für den Abschlussball zu entwerfen? Nur Jade würde ein solches Risiko eingehen, und es hatte sich gelohnt. Beim Abschlussball hatte man nur über das Kleid gesprochen, und die Begeisterung über meinen Entwurf hatte mir das nötige Selbstvertrauen gegeben, meinen Traum weiterzuverfolgen.

Ich wollte meinen Lebensunterhalt mit dem Entwerfen von Kleidern verdienen. Laut Grace wäre das eine totale Zeitverschwendung. Allein der Gedanke an ihre ständigen Sticheleien erfüllte mich mit Wut, Schmerz und Verbitterung. Ohne die Liebe und Fürsorge meines Vaters hätte mich ihre emotionalen Misshandlungen schon längst gebrochen.

Verdammt noch mal! Ich vermisse ihn so sehr.

Ich blinzelte die Tränen zurück. Es war fast ein Jahr her, und ich konnte immer noch nicht an ihn denken, ohne einen Weinkrampf zu bekommen. Der Versuch, mit seinem Tod fertig zu werden, war hart für mich gewesen. Er war mein Fels in der Brandung gewesen. Graces psychisches Mobbing hatte es mir fast unmöglich gemacht, mit seinem frühen Tod und einem Leben ohne seinen Schutz fertig zu werden.

Aber ich nahm mir einen Tag nach dem anderen vor, und dank Jades moralischer Unterstützung bekam ich mein Leben wieder in den Griff. Jade war seit der High School meine beste Freundin und mein größter Fan. Wir ergänzten uns, obwohl Jade und ich so... verschieden waren.

Jade war die Tochter von Ariana Bellisario – einer Philanthropin, reichen Erbin und erfolgreichen Geschäftsfrau. Damit gehörte Jade zur illustren Gruppe der New Yorker Prominenz, deren monatliches Taschengeld mehr war als das, was die meisten Menschen in einem Jahr verdienen.

Ich hingegen war in der Mittelschicht großgeworden. Meine Eltern hatten sich riesig gefreut, als ich ein Stipendium für die Elite-Privatschule ergattert hatte, zu der auch die Kinder von Prominenten und ausländischen Persönlichkeiten gingen.

Unsere Unterschiede hörten aber damit nicht auf. Jade war schön und drahtig, mit leuchtend apfelgrünen Augen. Meine bronzefarbene Haut und meine Gesichtszüge waren exotischer – oder das, was Männer gern als sinnlich bezeichneten. Ich konnte mit dieser Beschreibung leben, aber es war mein eher kurviger Körper, der mir Angst machte – nun, das und die Tatsache, dass mein Hintern und meine Brüste üppiger waren als man einer einzigen Frau zugestehen sollte, es sei denn, ihr Lebensziel war es, eine sehr gut bezahlte Stripperin zu werden.

Jade war meine beste Freundin und meine Komplizin. Wenn sie mich brauchte, war ich da, genauso wie sie für mich immer verfügbar sein würde. So war es vom ersten Tag an, als wir uns in der High School kennengelernt hatten, und so würde es immer bleiben.

Jade riss mich aus meinen Gedanken, indem sie aus vollem Halse schrie: „Sin! Hörst du mir verdammt noch mal zu?"

Ich fasste mir an den Hals. „Scheiße! Musst du so verdammt laut sein?", schnauzte ich.

Der Taxifahrer sah mich im Rückspiegel finster an.

„Warum so mürrisch?", antwortete Jade trocken.

Ich seufzte. Sie hatte recht. Ich hätte vor Aufregung auf und ab hüpfen sollen. Mein großes Ziel war es gewesen, eine der besten Modeschulen des Landes zu besuchen. Ich hatte so hart auf diesen Tag hingearbeitet, und nun war er endlich da.

„Und wie willst du Grace die gute Nachricht überbringen?", fragte Jade.

Und da war sie, die verdammte Spaßbremse – meine Mutter. Meine Finger zuckten. Nervös zupfte ich an meinem gestärkten Oxford-Hemd und strich dann meinen schwarzen Rock glatt, als würde ich von ihrem unerbittlichen Blick gemustert werden.

„Ich weiß es nicht." Ich biss mir auf die Unterlippe. „Ich bin auf dem Weg zu ihr. Irgendwelche Vorschläge?"

Allein bei dem Gedanken an die unvermeidliche Konfrontation wurde mir ganz flau im Magen. Unsere Beziehung war noch nie gut gewesen. Grace war nicht... nun ja, mütterlich. Okay, die Frau war schlichtweg narzisstisch. Das war sie immer gewesen und das würde sie auch immer sein.

„Erstens: Lass dir nichts einreden, Sin. Bleib deinem Plan treu. Du gehst auf diese Schule." Jades Stimme wurde schärfer. „Du hast zu hart gearbeitet, um dir von ihr deinen Traum kaputt machen zu lassen."

Es tat höllisch weh, es zuzugeben, aber ich hatte nie das Gefühl gehabt, dass Grace mich liebte, und ich war mir verdammt sicher, dass ich in ihren Augen nie etwas richtig machen konnte, egal wie sehr ich es auch versuchte. Und bei Gott, ich hatte es versucht. Es war verdammt peinlich, wie sehr ich mich bemüht habe, so zu sein, wie sie es von mir erwartete – makellos. Ich hatte sogar mein langes, von Natur aus kastanienbraunes Haar blond gefärbt wie ihres, was mit meinem dunklen Teint und meinen exotischen Gesichtszügen einfach lächerlich aussah. Noch schlimmer war die schiere Verachtung in ihren Augen, als sie es gesehen hatte. Im Vergleich zu ihrem ätherischen, porzellanpuppenhaften Aussehen war ich nicht hübsch genug, nicht dünn genug, nicht klug genug. Ich war einfach nie genug... und diese Wahrheit tat verdammt weh.

Ich saß steif da und krallte meine Finger um den Griff meiner Lederhandtasche. „Du hast recht. Ich muss hart bleiben. Ich will auf diese Schule gehen. Ich weiß nur noch nicht genau, wie ich die Studiengebühren bezahlen soll."

„Sin, sag ihr einfach, dass du ihre finanzielle Unterstützung verdient hast. Du hast dir den Arsch aufgerissen, während du ihr monatelang in diesem überteuerten Teehaus geholfen hast. Verdammt noch mal, sie hat behauptet, sie könne es sich nicht leisten, dich zu bezahlen, aber dann ist sie losgezogen und hat sich bar auf die Hand ein Luxusauto gekauft." Jade schnaubte. „Gott, diese Frau ist schlimmer als mein beschissener Vater."

Ich schürzte die Lippen, als ich daran dachte, wie Grace das Geld von der Lebensversicherung meines Vaters für extravagante Anschaffungen verprasst hatte. Dazu gehörte auch eine neue Eigentumswohnung mit einem Haushaltsbudget, das so hoch war wie das, was die meisten Leute für ihre monatliche Hypothek zahlten. Zu allem Übel lebte sie auch noch weit über ihre Verhältnisse mit dem Einkommen, das sie mit ihrem neuen Teehaus erzielte.

Ich fuhr mit den Fingern durch mein Haar. „Danke, dass du mir einen Tritt in den Hintern gegeben hast. Du hast recht. Ich muss mich um mich selbst kümmern. Weiß Gott, wenn ich es nicht tue, tut sie es auch nicht."

„Dafür sind Freunde doch da", antwortete Jade.

Ich seufzte. „Ich ruf dich später an."

„Okay. Vergiss nicht, ich habe heute ein Vorsprechen, aber danach bin ich zu Hause. Ich habe das Gefühl, das wird richtig hässlich, also ruf mich an, oder noch besser, komm vorbei."

„Scheiße! Tut mir leid, ich hab dein Vorsprechen ganz vergessen. Leg auf. Du musst deine Gedanken ordnen. Kein Gerede mehr über meine gestörte Familie." Ich seufzte erneut. „Danke, Jade. Ich wüsste nicht, was ich ohne dich tun würde."

Jade lachte heiser. „Scheiße, du warst für mich da, als es mir beschissen ging, und jetzt bin ich für dich da. Ruf mich einfach an, egal was passiert, okay?"

„Okay. Konzentrier dich auf diese Rolle." Ich legte auf, holte die Puderdose aus meiner Handtasche und betrachtete mich im Spiegel.

Ich warf mir die Haare über die Schultern, frischte meine Wimperntusche und meinen Lipgloss auf und spielte dann nervös mit meiner Perlenkette und meinen Ohrringen herum. Sie waren Geschenke von Grace zu meinem achtzehnten Geburtstag. Eigentlich hatte ich mir eine neue Nähmaschine gewünscht.

Als ich vor Graces Teehaus ankam, zuckte ich zusammen. Ich bezahlte den Taxifahrer und sprang aus dem Wagen. Meine Hände zitterten, als ich über meinen engen

Bleistiftrock strich und versuchte, nicht vorhandene Falten zu glätten. Ich erstarrte und merkte, dass ich kurz vor dem stand, was Jade meine *Panikattacke Stufe zehn* nannte. Ich atmete langsam aus und zählte bis zehn, bevor ich meine einzige rebellische Aktion verbarg – die Tätowierung *Sin* in kursiven Buchstaben auf meinem Handgelenk. Wenn Grace das Tattoo sehen würde, würde sie einen Anfall bekommen und mich anschreien, dass anständige junge Damen – und vor allem ihre Tochter – sich nicht tätowieren lassen.

Meine Hände krampften sich zusammen und lösten sich wiederholt, während ich mitten auf dem belebten Bürgersteig stand und von irritierten New Yorkern angerempelt wurde. *Ich kann das. Ich kann da reingehen und ihr sagen, dass ich mit ihr fertig bin.* Mein Herz raste, als wäre ich gerade einen Marathon gelaufen. *Ich muss meinen Scheiß auf die Reihe kriegen.*

Okay, los geht's.

Ich strich meinen Rock noch einmal glatt, straffte meine Schultern, wie Dad es mir beigebracht hatte, und marschierte in Graces übertrieben viktorianisches Teehaus, als würde ich in die Schlacht ziehen – denn das tat ich, und es würde Blut fließen.

Sofort würgte ich wegen dem überwältigenden Duft von Rosenweihrauch im Vorraum, während ich mich in dem überfüllten Lokal mit zwanzig Plätzen umsah. *Großartig!* Jetzt hatten wir ein nettes Publikum, wenn sie ausflippte.

Ich schlich mich um die Gäste herum und bewunderte die Architektur und die Einrichtung im viktorianischen Stil, die ein Vermögen gekostet hatte – ich musste es ja wissen. An vielen langen Samstagen war ich mit Grace unfreiwillig auf Antiquitätenjagd gegangen. Sie hatte darauf bestanden, dass alles perfekt sein musste, als sie ihr Teehaus in der

Upper West Side eröffnete. Ich ging weiter in den Salon mit den dunklen Holztischen, den freiliegenden Ziegeln und der weißen Stuckdecke und verlangsamte meinen Schritt, um mir ein paar Minuten Zeit zu geben, damit ich meine schwindenden Kräfte sammeln konnte, bevor ich den schwach beleuchteten Saal mit den hohen, fransigen Stehlampen betrat.

Mein Magen krampfte sich zusammen, als ich sie sah, und wie immer wagte es keine einzige Strähne ihres blonden Haars, ihren engen Dutt zu verlassen. Ihre Sanduhrfigur – große Brust, schmale Taille – war in ein enges schwarzes Kleid gehüllt, während sie zwischen den Tischen umherschlenderte und die Gäste mit dem Lächeln einer Schönheitswettbewerbsteilnehmerin und einer makellosen Fassade begrüßte. Nur ihre eisblauen Augen verrieten die Wahrheit. Sie war betrunken... schon wieder.

Wie kann eine so schöne Frau so verdammt chaotisch sein?

Zwischen ihren Alkoholexzessen bis zur Ohnmacht und ihrem allabendlichen Verschwinden vor Geschäftsschluss, von dem sie erst am nächsten Morgen zurückkehrte, war sie unberechenbarer und selbstzerstörerischer denn je. Dieses seltsame Verhalten hielt schon seit Wochen an, und ich hatte es satt, ihre kostenlose Arbeitskraft zu sein. Dies war *ihr* verdammtes Geschäft – ein Geschäft, für das sie Dad gezwungen hatte, Überstunden zu machen, ein Geschäft, das ihn letztendlich das Leben gekostet hatte.

Grace stolperte, und ich zog eine Grimasse.

Verdammt!

Das war das Letzte, was ich jetzt gebrauchen konnte – mich mit ihr anzulegen, wenn sie total betrunken war. Wie ein Bluthund erschnüffelte sie meine Anwesenheit und fixierte mich mit einem eisigen Blick.

„Gut", schnauzte sie laut. „Du bist ausnahmsweise mal zu früh dran." Ungeduldig deutete sie auf die Tische. „Wir sind heute unterbesetzt. Ich brauche dich an den Tischen. Ich erwarte einen großen Andrang." Sie stemmte die Hände in die schmalen Hüften und sah mich mit unverhohlenem Ekel von oben bis unten an. „Und halt dich von den Backwaren fern. Du platzt ja aus allen Nähten in diesem Rock."

Die Gäste kicherten in ihre zierlichen Teetassen.

Vor Schreck blieb mir der Mund offen stehen. *Was. Zum. Teufel?*

Nachdem sie mit mir fertig war, huschte Grace wieder zwischen den Tischen umher.

Ich rollte mit den Schultern, um die Anspannung zu lindern.

Es reicht! Ich würde mich nicht länger von ihr schikanieren lassen. Ich würde nicht vor Scham weglaufen oder alles, was ich gegessen hatte, auskotzen, um meine Unzulänglichkeiten zu kompensieren. *Der Wahnsinn hört jetzt auf.*

„Mom!", rief ich über das Klirren der Teetassen hinweg.

Graces Kopf wirbelte herum. Ihre Lippen wurden schmaler. „Mein Name ist Grace – nicht Mutter, nicht Mom. Wie oft müssen wir das noch durchgehen?"

Mein Blick weitete sich. „*Grace*, wir müssen reden."

Ihre Augen verengten sich. „Beeil dich damit."

Okay, wenn sie nicht höflich sein kann, dann werde ich es ihr nicht leicht machen. „Ich kündige", knurrte ich. „Ist das schnell genug für dich?"

Ihre heitere Maske verrutschte. „In mein Büro", zischte sie und schnippte mit den Fingern nach mir. „Sofort!" Sie schwankte in Richtung der Tür, wobei der Klang ihrer Stöckelschuhe wütend auf dem Holzboden widerhallte.

Als wir den großen, ganz in weiß gehaltenen Raum mit

dem versilberten Glastisch betraten, musste ich fast grinsen, weil ich mich darüber freute, dass ihre makellose Fassade einen Sprung erhalten hatte. Jetzt hatten ihre Gäste einen Blick auf das Monster hinter ihrer Maske erhascht. Grace knallte die Tür zu. Fotos aus ihrer verblassten Schönheitskö-niginnen-Ära fielen zu Boden.

Sie stakste auf mich zu. „Das ist mein verdammter Laden, und du wirst ihn mit Respekt behandeln, junge Dame!", schrie sie und zeigte wütend auf mich.

Ich zuckte zusammen. Sie lächelte selbstgefällig.

Scheiße!

Der Gestank von Alkohol in ihrem Atem verursachte mir Übelkeit.

„Respekt?" Ich sah sie ungläubig an. „Du machst mich vor einem Raum voller Fremder schlecht und willst über Respekt reden?" Mein Kiefer krampfte sich zusammen. „Ich bin an der Modeschule angenommen worden, und ich werde hingehen", schnauzte ich.

Grace verschränkte die Arme. „Nun, das wird auf keinen Fall passieren. Du wirst hier weiterarbeiten, bis du jemanden aus einer guten Familie findest, der sich deiner erbarmt und dich heiratet." Sie starrte mich kalt an.

Ich konnte nicht glauben, dass alles, was ich als Kind gewollt – nein, alles, was ich *gebraucht* hatte, war, von ihr geliebt zu werden. Es war eine bittere Pille, dass sie mich nie lieben würde, aber ich musste sie schlucken.

„Nein, Grace, das tue ich nicht. Ich werde auf diese Schule gehen. Das ist es, was ich will, und was noch wichtiger ist, das ist es, was Dad gewollt hätte."

Sie blickte mich verächtlich an. „Er ist aber nicht hier, oder?"

Meine Lippen wurden schmal. „Nein, ist er nicht!" rief

ich. „Dad ist gestorben, weil er sich zu Tode geschuftet hat, um dir all den oberflächlichen Mist zu geben, den du verlangtest wie eine verwöhnte Prinzessin." Mir schwirrte der Kopf vor Abscheu darüber, wie unbekümmert sie sich verhielt, als ob Dads Tod absolut nichts bedeutet hätte. Ich schloss kurz die Augen, um mich zu beruhigen, und dann starrte ich sie mit festem Blick an. „Hör zu, ich bin nicht hier, um dich um Erlaubnis zu bitten. Ich möchte nur, dass du mir bei den Studiengebühren für das erste Semester hilfst."

Sie spottete. „Ganz bestimmt nicht."

Ich schüttelte den Kopf, die Enttäuschung stand mir ins Gesicht geschrieben. „Vielleicht erwarte ich viel zu viel von dir. Ich hatte auf ein wenig Freude gehofft oder vielleicht auf etwas Mitgefühl." Müde fuhr ich mir über die Stirn. „Scheiße, ich sollte es längst besser wissen."

Grace war die einzige Familie, die ich noch hatte, und auch wenn sie mich jeden Tag mit ihren verletzenden Worten niedermachte, blieb ich bei ihr. Es war eine beschissene Abhängigkeit. Vielleicht hatten all die Male, in denen sie mir eingetrichtert hatte, dass ich nichts wert sei, endlich Wurzeln geschlagen, wie giftiger Efeu, der meine Seele und meinen Verstand durchrankte. Vielleicht war ich einfach zu kaputt, um zu gehen. *Ich meine, welcher Mensch, der bei klarem Verstand ist, lebt und arbeitet mit jemandem zusammen, der ihn nicht mag, geschweige denn respektiert?*

Ich seufzte schwer. Die Antwort war glasklar – ich.

Ich hatte es satt, im Stich gelassen zu werden und Opfer für eine Frau zu bringen, die sich einen Dreck um mich scherte.

Graces Augen waren leer. „Meine Antwort ist nein, Sin. Ich gebe dir nicht einen verdammten Cent", schnauzte sie. „Außerdem brauche ich dich hier im Teehaus."

Ich öffnete den Mund, schloss ihn wieder und wiederholte den Vorgang. „Das kann doch nicht dein Ernst sein?" Ich starrte sie an. „Ich bin kein Kind mehr, Grace. Ich bin achtzehn Jahre alt. Ich habe mein ganzes Leben damit verbracht, genau so zu sein, wie du es wolltest – gute Noten, keine Drogen, ohne Fehl und Tadel. Nach Dads Tod habe ich dir geholfen, dein Geschäft aufzubauen. Ich habe es getan, weil ich dich liebe, aber das bedeutet nicht, dass du meine Entscheidungen für mich triffst oder mich verurteilen kannst, wenn ich nicht deiner Meinung bin oder mich nicht von dir versklaven lassen will."

Ihre gepflegten Augenbrauen hoben sich. „Ich werde mein Geld nicht dafür aufwenden, eine schwachsinnige Modeschule zu bezahlen. Außerdem habe ich deine geschmacklosen Klamotten gesehen, und so talentiert bist du nicht. Glaube mir, du wirst es *nie* schaffen."

Ich starrte sie an und fragte mich, wann sie so ein hasserfülltes, voreingenommenes Miststück geworden war. „Ich arbeite hier nicht mehr, und ich gehe auf die Schule", sagte ich.

Sie schwieg hartnäckig und kniff die Lippen zusammen. „Gut. Du bist in meinem Haus nicht länger willkommen. Du wirst von allem abgeschnitten."

Ich schluckte schwer. „Da du mich nie geliebt hast, Grace, verpasse ich nicht viel."

Ihr Gesicht wurde starr. „Du undankbares kleines Flittchen!"

„Wofür zum Teufel sollte ich dankbar sein?" Ich lachte bitter auf. „Ich habe so lange alles, was du willst und brauchst, an erster Stelle gesetzt, dass ich mir irgendwann sogar selbst nicht mehr wichtig war. Ich bin nicht einmal ein vollwertiger Mensch. Ich bin nur noch eine Hülle." Ich war fertig mit Grace und ihren Beschimpfungen. Ich musste dieses Gift aus meinem Leben entfernen. Es war Zeit für einen Neuanfang.

„Auf Wiedersehen, *Mutter*."

Ihr Mund blieb vor Schreck offen stehen. „Du wirst es nie schaffen", kreischte sie. „Du wirst zurückkommen und um Vergebung betteln."

Mein Gesicht wurde ernst. „Verlass dich nicht allzu sehr darauf."

Ich machte auf dem Absatz kehrt, verließ das Büro und durchquerte das Teehaus. Ich hatte nicht vor, mich noch einmal umzusehen. Als ich auf den Bürgersteig trat, riss ich mir die Perlen vom Hals und schaute zu, wie sie über den Bürgersteig und in den Rinnstein rollten, genau dorthin, wo sie hingehörten. Während ich ausatmete, blickte ich zu den wunderschönen Wolken hinauf. Dies war mein Neuanfang, und ich hatte nicht vor, auch nur eine verdammte Sekunde damit zu verschwenden, wieder an meine düstere Vergangenheit zu denken.

KAPITEL 2
SINTHIA

Jade wuschelte durch mein Haar, fest entschlossen, mich aufzuhübschen. Ich verdrehte die Augen. Es reichte wohl nicht, dass ich mein heißestes Outfit anhatte. Sie schürzte die Lippen und betrachtete ihr Meisterwerk – mich.

„Wo ist dein Partygesicht?", fragte Jade.

Ich gähnte. „Was redest du da? Das *ist* mein Partygesicht."

„Unsinn. Du siehst aus, als würdest du dich gleich zusammenrollen wie eine verdammte Katze." Sie verdrehte die Augen. „Setz dein Partygesicht auf, verdammt noch mal. Wir haben was zu feiern. Wir lassen es heute Abend richtig krachen. Tabitha, der Eiserne Drache, hat endlich erkannt, wie talentiert du bist."

Ich hob lustlos die Faust, bevor ich mich auf den ledernen Rücksitz sinken ließ. Ich hatte nur ein paar Stunden geschlafen, mehr Begeisterung konnte ich nicht aufbringen. Es war ein anstrengender Tag gewesen – oder besser gesagt, es war ein anstrengendes Jahr gewesen. Nachdem ich mich an der Modeschule eingeschrieben hatte, hatten sich die Ereignisse überschlagen – vom Einzug in Jades neues Luxusapartment in Manhattan bis zum Praktikum bei Tabitha Thorp, der berühmten, temperamentvollen und exzentrischen Modedesignerin. Abends arbeitete ich außerdem in einem aussichtslosen Job, um mich über Wasser zu halten.

Ich war geistig und körperlich am Ende.

Selbst mit dem regelmäßigen Gehaltsscheck konnte ich die Studiengebühren nicht aufbringen. Es hatte mir das Herz gebrochen, als ich die Schule nach nur neun Monaten hatte abbrechen müssen. Ich hatte wirklich geglaubt, mein Traum sei vorbei, aber überraschenderweise hatte Tabitha mir einen Rettungsanker zugeworfen und mir einen Vollzeitjob angeboten. Ihr Angebot hatte mein Leben in positive Bahnen gelenkt.

Obwohl Tabitha eine Perfektionistin und eine Nervensäge war, lernte ich viel von ihr, gewann ihr Vertrauen und baute eine enge Freundschaft zu ihr auf. Unsere Freundschaft hatte mich dazu gebracht, meinen kreativen Prozess und meine Entwürfe auf die nächste Stufe zu heben. Als sie mich heute in ihr Büro gerufen und mir gesagt hatte, dass sie mir einen kleinen Raum in ihrer Boutique in SoHo zur Verfügung stellen würde, war ich vor Aufregung fast in Ohnmacht gefallen.

„Achtung, dein Stalker Jaxon wird heute Abend im Club sein." Jade kramte in ihrer Designerhandtasche, holte Lipgloss heraus und reichte ihn mir. „Hier, der polstert deine wunderschönen Lippen auf."

Ich warf ihr einen Seitenblick zu und griff nach dem Lipgloss. „Jaxon? Woher weiß er, dass ich dort sein werde?"

„Weil ich es ihm gesagt habe." Jade fuhr sich mit den Fingern durch die Haare. „Es wird Zeit, dass ihr beide aufhört zu flirten und umeinander herumzutanzen. Vögelt endlich miteinander."

Kirby, Jades Chauffeur, lachte leise auf.

Ich stieß sie in die Seite. „Geht's noch lauter?"

„Aua! Was?", rief sie und warf mir einen bösen Blick zu. „Kirby gehört zur Familie."

„Und wir flirten nicht. Das ist Vorspiel, aber davon verstehst du nichts", sagte ich.

„Kein Vorspiel dauert drei Monate. Das ist genauso nervig wie ein Typ, der dich länger als fünfzehn Minuten leckt. Irgendwann reicht's." Jade schürzte ihre Lippen. „Es ist Monate her, dass du Sex hattest. All die Arbeit und der fehlende Spaß haben dich zu einem übellaunigen Miststück gemacht."

Ich schnitt eine Grimasse. „So lange ist es noch nicht her."

„Blödsinn."

Ich zählte in meinem Kopf. *Mist. Sie hat recht.* Vielleicht war es an der Zeit.

Ich schüttelte den Kopf. „Ich bin mir nicht sicher, ob ich mit ihm schlafen will."

Ich zwirbelte mein Haar um den Finger und starrte aus dem Fenster auf den vorbeirauschenden New Yorker Verkehr. Ich hatte nichts gegen schmutzigen, harten Sex mit Jaxon einzuwenden, aber nur zu meinen Bedingungen. Meine Bedingungen waren nicht verhandelbar – keine Bindung und keinesfalls eine Beziehung. Dafür hatte ich keine Zeit. Das waren meine Regeln. Das wissende Glitzern in Jaxons Augen sagte mir, dass er bereit war, sich daran zu halten. Er wollte mich. Ich war seine aktuelle Flamme, der neue Geschmack des Monats, und er sehnte sich danach, mich zu kosten, bevor er zur nächsten Frau weiterzog.

Die Umstände hätten eigentlich goldrichtig sein sollen, aber irgendetwas an ihm machte mich stutzig und warnte mich vor ihm. Vielleicht ärgerte es mich auch nur, dass er das war, was ich ein *Chamäleon* nannte. Nachts gab er sich als bescheidener, aufgeschlossener Partygänger und tagsüber war er der einzige Sohn einer stinkreichen Familie, die darauf wartete, dass er seinen Scheiß auf die Reihe kriegte und ihrer berühmten Anwaltskanzlei beitrat.

Vielleicht hatte ich einfach genug von Männern wie ihm – spießig, wohlhabend, verwöhnt und privilegiert. Ihr ganzes Leben war für sie verplant, und zu diesem Leben gehörte es nicht, sich mit Frauen ohne Stammbaum wie mir einzulassen. Für Männer wie Jaxon waren Frauen wie ich nur für Eines gut, und wenn sie sich dann schlussendlich langweilten, ließen sie sich mit den Eisprinzessinnen nieder, die ihre Eltern am Tag ihrer Geburt für sie ausgesucht hatten. Ich hatte auf die harte Tour gelernt, dass Beziehungen, Liebe und Verpflichtungen für wohlhabende, verwöhnte Leute wie ihn einen Scheißdreck bedeuteten.

„Okay... Nun, vielleicht etwas Action tief im Rachen?", fragte Jade ganz sachlich.

Kirby verriss das Steuer.

„Äh ... das ist auch Sex." Ich seufzte schwer. „Ich weiß nicht." Ich hob eine Braue. „Findest du es nicht unheimlich, dass er in jedem Club auftaucht, in dem ich mich aufhalte? Es ist, als hätte er mir einen verdammten GPS-Tracker an den Hintern geheftet."

Jade zuckte mit den Schultern. „Unheimlich? Nein. Zielstrebig? Ja. Er will dich – unbedingt. Nach seinem Zeitplan hätte er dich bereits auf seiner Bereits-gefickt-Liste abhaken müssen." Sie hob eine Braue. „Wäre es denn so schrecklich, ihn auszuprobieren? Du weißt schon" – sie wackelte frech mit den Augenbrauen – „zum Stressabbau?"

„Du weißt schon, dass er kein Auto ist, mit dem ich eine Probefahrt machen kann?"

Jade sah mich völlig perplex an. „Warum zum Teufel nicht?"

Ich konnte mein Lachen nicht unterdrücken. „Okay, du hast recht. Ich könnte ihn testen, aber... ich weiß nicht." Ich biss mir auf die Unterlippe. „Er hat etwas an sich, das ich nicht genau benennen kann."

Jades Augen wurden weicher. „Sin, du musst über Kyle hinwegkommen."

Ich runzelte verwirrt die Stirn. „Bin ich."

Jade starrte mich argwöhnisch an.

Wenn ich an Kyle dachte, bekam ich dieses vertraute Kribbeln im Bauch. Er war mein erstes Alles gewesen – mein erster Freund, mein erster Liebhaber, mein erster Fehler. Und wie ein Uhrwerk begann der Selbsthass wie Gift durch meine Adern zu schießen.

Ich seufzte schwer. „Na gut, scheiß drauf, ich bin es nicht."

Ich erschauderte, wenn ich nur daran dachte, was für ein Gefühlschaos ich nach Dads Tod durchlebt hatte. Ich war schwach gewesen. Mom hatte sich von mir abgewandt und mich auf der Suche nach etwas zurückgelassen, das ich selbst jetzt noch nicht verstand. Ich war wie ein Junkie, abgeschnitten von meiner nächsten Dosis Liebe, und man hatte mich einem langsamen Empfindungstod überlassen. Verzweifelt hatte ich mein Herz verschlossen, aber Kyle hatte ich reingelassen, weil ich in meinem Wahn geglaubt hatte, er sei es wert. Aber N.K. – nach Kyle – hatte ich beschlossen, dass es nur einen Weg gab, Liebesschmerz zu vermeiden: Mein Herz dauerhaft zu verschließen. Es war fest verrammelt, und ich hatte vor, es so zu belassen.

Jade musterte mich besorgt. „Es ist keine Schande, das zuzugeben. Er war ein beschissener High-School-Schwarm. Wir alle haben einen. Scheiße, ich habe mehrere."

Ich rieb mir den Nacken und spürte, wie ich mich verspannte. „Aber der Unterschied ist, dass du deinen Freund nicht dabei erwischt hast, wie er sich von irgend-einer Tussi den Schwanz streicheln lassen hat."

Jade schürzte die Lippen. „Äh... hallo? Hast du den Skandal um Justin vergessen? Es gibt nichts Schlimmeres, als ein Selfie zu entdecken, auf dem dein Freund die beste Freundin seiner Mutter leckt."

Wir erschauderten. Es war ein Bild, das wir beide aus unseren Erinnerungen verbannen wollten.

Ich grinste. „Ja, aber du hast dich gerächt, indem du das Selfie an seine Eltern und den Ehemann der Frau geschickt hast."

„Ganz genau. Keiner legt sich mit einer Bellisario an." Sie lächelte süffisant. „Es war der größte Scheidungsskandal des Sommers." Nur Jade konnte Liebeskummer in eine Reality-Show verwandeln.

„Nun, ich habe meine Chance, mich an Kyle zu rächen, vor Jahren vertan."

Jade legte ihren Kopf schief und starrte mich ungläubig an. „Willst du mich verarschen? Sieh dich doch mal an." Sie beugte sich vor und tippte Kirby auf die Schulter. „Ist sie nicht hinreißend?"

Kirby zwinkerte mir im Rückspiegel zu. „Auf jeden Fall."

„Siehst du?" Jade strahlte wie ein Maikäfer. „Du bist wunderschön, klug, begabt und taff wie eine verdammte Kriegerprinzessin. Glaub mir, das ist die größte Rache gegen arrogante Arschgeigen wie Kyle Fillion. Du bist nicht zusammengebrochen wie er gehofft hatte."

„Ja, aber es war sehr knapp."

Jade schlug mir auf den Oberschenkel. „Nicht aus meiner Sicht."

Sie hatte recht. Ich war zwar nicht zusammengebrochen, aber ich hatte mich zu sehr verändert nach dem, was in jener Nacht geschehen war. Ich blinzelte gegen den Schmerz an und erinnerte mich an den entscheidenden Abend, der mir noch lebhaft in Erinnerung war.

Jener Abend hatte voller Freude und Aufregung begonnen. Mir war fast schwindelig, als Jade und ich in der Einfahrt der riesigen roten Backsteinvilla von Kyles Eltern ankamen. Ich hatte mich gekniffen, weil ich es nicht fassen konnte, so viel Glück zu haben. Ich war Kyles Freundin. Nachdem ich monatelang für ihn geschwärmt hatte, hatte der umwerfende Kyle mich endlich bemerkt und mich eines Tages im Chemieunterricht angelächelt. Das hatte mir den Atem geraubt. Er war der schärfste Typ an meiner High-School, und es hatte nicht geschadet, dass seine Eltern das einflussreichste Ehepaar in der Politikszene von New York City waren. Kyle war zu Großem bestimmt. Jeder wusste es.

Wir kamen aus unterschiedlichen Welten, aber er hatte sich für mich entschieden und nicht für all die Mädchen, die um ihn buhlten. Diese Mädchen kamen aus den richtigen Familien und sahen auch so aus – blond, schlank und schön. Aber ihm schien das egal zu sein, und wie ein Tornado war er in mein Leben gefegt und hatte mir gezeigt, dass ich der Liebe würdig war. Er hatte all die richtigen Dinge gesagt und mich glauben lassen, ich sei etwas Besonderes, und im Gegenzug hatte ich ihm alles gegeben.

Ich dachte, wir wären verliebt, und ich hatte sogar meine Jungfräulichkeit an ihn verloren, als ich an meinem Geburtstag auf dem Boot seiner Eltern mit ihm schlief. Seit diesem Abend trieben Kyle und ich es jedes Wochenende wie die Karnickel. Jade hatte mir gesagt, ich solle ihm nicht trauen, aber ich hatte sie ignoriert. Ich dachte, er wäre der Richtige, also war er es wert. Ich hätte auf sie hören sollen. Der ganze Scheiß, den er mir erzählt hatte, war nicht einmal wirklich originell gewesen.

Ich lachte bitter auf und erinnerte mich daran, wie nervös und aufgeregt ich gewesen war, als wir zu Kyles Abschlussfeier kamen, der heißesten Party des Abends. Ich konnte es kaum erwarten, mit Kyle zu feiern, und wie eine Närrin hatte ich mir vorgenommen, meine Angst zu überwinden und die Worte auszusprechen, die ich seit dem Tag, an dem mein Vater starb, nicht mehr gesagt hatte – ich liebe dich. Ich hatte erwartet, dass Kyle am Eingang stehen würde, umgeben von seinen adretten Freunden, aber er war nicht da, also trank ich mir etwas Mut an, bevor ich mich auf den Weg machte, um ihn in dem Labyrinth des riesigen Anwesens zu suchen. Wie alles in meinem verdammten Leben zerfiel auch dieses Glück zu Staub, als ich seine Schlafzimmertür aufstieß. Kyles Designerjeans hingen an seinen Knöcheln, und eine Tussi mit perfekt glattem, blondem Haar, das wie ein wunderschöner Vorhang über ihre Schultern fiel, streichelte seinen Schwanz.

Ich erinnerte mich daran, wie ich einfach nur schockiert dagestanden hatte, mit offenem Mund, als sähe ich eine Fata Morgana. Ich beobachtete, wie das Mädchen mit zu viel Schwung in den schmalen Hüften aufstand. Ihr selbstgefälliger Blick, als sie aus dem Schlafzimmer schlenderte, traf mich wie ein Dolchstoß ins Herz.

„Kyle? Wie kannst du nur?" Tränen liefen unkontrolliert über meine Wangen. „Ich liebe dich", sagte ich mit erstickter Stimme.

Sein Gesicht verwandelte sich in eine Maske des Hasses, die mich bis ins Mark traf.

„Liebe?" Er stieß ein eisiges Lachen aus. „Sin, das ist keine Liebe. Das war es nie und das wird es auch nie sein."

Ich zuckte zusammen, als hätte ich einen Schlag in den Bauch bekommen. „Wenn das keine Liebe ist, dann sag mir: Was zum Teufel ist es dann?" Ich starrte ihn mit zusammengekniffenen Augen an und spürte, wie mein Herz Zentimeter für Zentimeter einfror.

„Was willst du von mir? Ich habe dir nichts versprochen, Sin!", spottete er, während er in aller Ruhe seinen Gürtel schloss.

„Wir sind seit Monaten zusammen!", schrie ich.

Sein Kiefer spannte sich an. „Nein, wir *ficken* seit Monaten." Er ging auf mich zu und starrte mich an, ohne eine Spur von Mitgefühl in seinen schönen blauen Augen. „Sin, ich gehe bald aufs College, und du bleibst hier und arbeitest für deine Mutter. Das mit uns würde nie klappen."

Er streckte seine Hand aus, um mein Haar zu berühren, aber ich schlug sie weg.

Er zuckte mit den Schultern. „Nimm es als das, was es ist. Mit uns ist es vorbei."

Ich stand da und kam mir schrecklich dumm vor, dass ich mich nach dem Tod meines Vaters hatte gehen lassen. Ich konnte nicht glauben, dass ich Kyle mein Herz und meinen Körper geschenkt hatte. Ich hätte ihn nie an mich herangelassen, wenn ich gewusst hätte, dass er mich so tief verletzen würde.

„Vorbei?" Ich stand da wie ein Kaninchen vor der Schlange und schnappte nach Luft, während ich in einen düsteren Abgrund stürzte.

Dann verpasste er mir die emotionale Ohrfeige, die alles zunichtemachte.

„Lass uns realistisch bleiben, Sin. Was wir hatten, war ganz nett, aber nicht von Dauer. Du und ich wissen, dass ich dich auf keinen Fall zu meinen Eltern mitnehmen kann. Du passt einfach nicht in meine Welt."

Seine Abschiedsworte hatten in mir ein Feuer des Hasses entfacht.

In dieser Nacht war es mir wie Schuppen von den Augen gefallen. Für Leute wie Kyle war es vollkommen akzeptabel, ein Mädchen wie mich heimlich zu vögeln und mich dann wegzuwerfen, wie eine Hure.

Jade stupste mich an und unterbrach meine verstörende Reise in die Vergangenheit. „Sin, ich sage nicht, dass du es vergessen sollst. Ich sage, du musst darüber hinwegkommen und den Scheiß hinter dich lassen."

Jade hatte recht, aber die Wahrheit fühlte sich an wie ein Messerschnitt. Ich konnte nicht loslassen. Wie sehr ich auch versuchte, mich von der Vergangenheit zu distanzieren, sie klebte immer noch an mir wie Scheiße an der Unterseite meines Stilettos. Ich versuchte sie abzukratzen, aber die Rückstände und der Gestank blieben.

Und Kyle Fillion war dieser Gestank, die Scheiße, die zurückgeblieben war. Er hatte es für jeden Mann nach ihm unmöglich gemacht, die dicke Eisschicht zu durchbrechen, die mein Herz umgab. Viele hatten es versucht, und alle waren gescheitert. Ich würde nicht – nein, ich *konnte* niemandem mehr vertrauen, nicht, nachdem Kyle mein Herz und meinen Stolz so mir nichts, dir nichts, mit Füßen getreten hatte.

Ich starrte aus dem Fenster und beobachtete die Lichter der Stadt, während Kirby durch den Manhattaner Verkehr raste. Die Vergangenheit spielte keine Rolle. Die Liebe spielte keine Rolle. Perfekte Liebe gab es nicht. Sie war ein Klischee. Ich verstand guten, harten, schweißtreibenden, unverbindlichen Sex. Gefühle brauchte ich keine.

Ich sah Jade an und zwinkerte ihr zu. „Genug von diesem albernen Zeug. Ich bin drüber weg. Lass uns feiern gehen. Es wird Zeit, dass wir auf das Ende meiner düsteren Vergangenheit anstoßen."

Kirby hielt vor dem Club an und öffnete die Autotür. Der eisige Luftzug, der uns beim Aussteigen entgegenschlug, ließ mich erschaudern. Jade sah aus wie eine reiche Diva, mit ihrem riesigen weiß-grauen Pelzmantel über einem engen Lederminikleid, das ihre langen, gebräunten Beine zur Schau stellte. Für den heutigen Abend hatte ich einen meiner eigenen Entwürfe ausgewählt, ein schwarzer, seidener Hosenanzug und ein schwarzes Bustier. Es war gleichzeitig sexy und ein wenig streng, und spiegelte bestens wider, wer ich jetzt war.

Jade stolzierte an der Menge vorbei, die sich in der Schlange hinter der roten Samtkordel den Arsch abfror. Sie schaute den einschüchternden Türsteher, der auf einer Treppe stand und ein Tablet in der Hand hielt, gelangweilt an und hielt ihm die Hand hin. Er grunzte und stempelte sie, und die Menge grummelte.

„Wie sieht es heute Abend da drin aus?" fragte Jade.

„Gemischt", antwortete er.

Dann drückte er einen Stempel auf meine Hand.

„Das ist doch scheiße. Wieso müssen die nicht anstehen?", beschwerte sich eine Frau in der Schlange.

Unbehaglich trat ich von einem Fuß auf den anderen und wich den hitzigen Blicken der Menge aus. Ich fühlte mich immer noch nicht ganz wohl dabei, die Schlange vor dem Club zu ignorieren und direkt mit VIP-Status hineinzugehen. Aber Jade hatte mich aufgeklärt, wie diese ganze Club-Sache funktionierte. Es handelte sich um eine stillschweigende Geschäftsbeziehung. Die Clubs mochten es, ihre Etablissements aufzuhübschen, und die Tatsache, dass Jade reich war und aus einer berühmten Familie stammte, war ein Bonus. Sie feierte im Club, und der Club spendierte ihr Getränke. Wenn ihr der Laden gefiel, lud sie ihre reichen, schönen Freunde ein und machte den Club zum angesagtesten Lokal der Stadt.

Der Türsteher trat beiseite, und ich folgte Jade in den trendigen Brooklyner Nachtclub, der eigentlich eher eine Bar mit Tanzfläche war. Ich liebte diesen Club. Er war einer meiner Lieblingsorte zum Feiern. Der Laden war eindeutig von Miami inspiriert, mit Mojitos und Drinks, die in echten Kokosnüssen serviert wurden. Das Publikum war gut durchmischt. Es gab DJ-Abende oder Live-Bands, die Rock, Salsa, Merengue, Samba, Rumba, Reggaeton, Calypso und eine Prise Old-School-Hip-Hop darboten.

Als wir über die Schwelle traten, eilte eine eifrige Hostess auf uns zu, bereit, uns die volle VIP-Behandlung zuteilwerden zu lassen. Sie begleitete uns in den vornehmen VIP-Lounge-Bereich, wo wir den erstklassigen Tischservice in Anspruch nehmen oder es uns einfach in der komplett schwarz ausgestatteten Lounge im Zwischengeschoss bequem machen konnten.

Minuten später nippten Jade und ich an unseren

Getränken und beobachteten die feine Gesellschaft, die wie Schafe in denselben Designerklamotten herumlief. Diese Kleidung war langweilig, ohne Originalität, was einer der Hauptgründe war, warum ich beschlossen hatte, meinen Traum von einer eigenen Modelinie zu verwirklichen. Nachdem ich den Kampf gegen die Monotonie in meinem Kleiderschrank verloren hatte, wusste ich, dass ich die Regeln ändern musste. Wenn ich nichts finden konnte, was ich tragen wollte, würde ich es stattdessen selbst herstellen.

Jade starrte mich wissend an. „Heute Abend wird nicht an Arbeit gedacht."

Sie zerrte mich auf die Tanzfläche. Ich schloss meine Augen und genoss die überschwängliche Energie des Salsa-Rhythmus. Ich riss die Augen auf, als ich spürte, wie sich Hände um meine Taille schlangen. „Was zum...?" Ich schnappte nach Luft, bevor ich herumgewirbelt wurde und Jaxons blaue Augen sah, die auf mich herabfunkelten.

Gott, er riecht sogar gut. Verdammt.

Jade lächelte anzüglich und schlenderte davon.

Jaxon beugte sich vor, seine Lippen berührten mein Ohr. „Wann kriege ich deine Nummer?"

Ich rollte mit den Augen. „Oh ... ich gebe Stalkern nie meine Nummer." Ich wiegte meinen Körper im Takt und genoss den Druck seiner Hände auf meinen Hüften ein wenig zu sehr.

„Stalker? Wow! So bin ich noch nie genannt worden."

„Findest du nicht, dass es zu einem Typen passt, der immer im selben Club ist wie ich?"

Das war nicht nur reiner Small Talk von mir. Es war eine Tatsache. Auf die eine oder andere Weise schienen Jaxon und ich immer auf denselben Partys zu landen. Heute Abend war es das erste Mal, dass ich mir die Zeit nahm, sein

Gesicht zu betrachten. Er war blond, gutaussehend und groß, und sein durchtrainierter, gebräunter Körper verriet mir, dass er keine Stunde mit seinem Personal Trainer verpasste. An seinem überheblichen Lächeln erkannte ich, dass er sich seines guten Aussehens nur allzu bewusst war.

„Tanzt du mit mir?", fragte er und ließ seine Zähne blitzen, seine Stimme war tief und sexy.

Ich hob eine Augenbraue. „Weißt du, wie man Salsa tanzt?"

„Natürlich", raunte er in mein Ohr. „Nur einen Tanz."

Der Takt der Musik dröhnte in meinen Ohren, während er mich fragend ansah und seine Hände meine Hüften drückten.

Ich zuckte mit den Schultern.

Seine Hüften pressten sich sinnlich gegen meine, während er meine Arme nahm und sie über seine Schultern legte. Er ließ seine Hände über meinen Rücken gleiten. Seufzend ließ ich zu, dass mein Körper seine schlanke Gestalt liebkoste. Meine Hüften kreisten im Takt, und ein erregender Funke zuckte durch meinen Körper.

Scheiß drauf.

Ich griff nach seinem Haar. Es fühlte sich weich an, wie Seide, die durch meine Finger glitt. Ich zog seinen Kopf nach unten und strich mit der Zunge über seine Lippen, nur um die Chemie zu testen. Doch als er an meiner Unterlippe zupfte und mich hart küsste, schaltete ich vom spielerischen Flirten in den Vollgas-Sexmodus.

Es dauerte nicht lange, bis ich durch sein Haar fuhr, während seine Finger meinen Rücken hinunterwanderten, auf meinem Hintern landeten und fest zudrückten. Ich neigte meinen Kopf zurück und sah ihn mit halb geschlossenen Augen an, bevor ich mich nach vorne beugte und mit meiner Zungenspitze über die heiße Haut an seinem Hals leckte.

Die Gedanken, die durch meinen Kopf jagten, waren verworren, irrational und schlichtweg überraschend. Ich brauchte Jaxon mehr als meinen nächsten Atemzug. Ich knabberte und liebkoste die entblößte Haut und lächelte, als er erschauderte. Die Kontrolle, die ich über ihn hatte, war absolut berauschend.

Jaxon knurrte, als er mich hochhob und gegen die Wand des Clubs drückte. Die Verzweiflung seiner Hände zu spüren, die mich mit zitternder Lust streichelten, war verdammt heiß. Sein Mund verteilte fiebrige Küsse und kleine Bisse auf meiner Haut. Als ich nach Luft schnappte, waren meine Lippen geschwollen und meine Augen glasig.

Er lächelte nicht. Tatsächlich war sein Blick so ernst, wie ich ihn selten gesehen hatte.

„Ich könnte jetzt eine Menge schöner Worte sagen, aber sie würden nichts bedeuten. Ich will dich." Er ließ mich los, sodass ich wieder auf eigenen Füßen stand. „Komm heute Abend mit mir nach Hause."

Ich konnte nicht von ihm lassen. Ich strich mit den Fingern über seinen Rücken und genoss die sinnliche Wärme seiner Haut.

Er starrte mich mit durchdringendem Blick an. „Ist das ein Ja?"

Ich nickte. „Ja", flüsterte ich.

Ich konnte ihn immer noch schmecken. Ich wollte diesen Moment, obwohl ich wusste, dass am Morgen alles vorbei sein würde. Danach würde ich ihn nie wieder sehen. Und diese Tatsache ließ meine Lust noch heißer brennen.

Jaxon gestikulierte in Richtung der aufmerksamen

Hostess, die durch den Club schwirrte. Sie stolperte fast über ihre Füße, als sie zu ihm eilte. „Sir?", fragte sie.

„Sagen Sie dem Parkservice, er soll meinen Wagen vorfahren", forderte er hastig, bevor er mich in den Lounge-Bereich zog, wo Jade hemmungslos mit einem Typen flirtete.

Ich reichte ihr meine leere Kokosnuss und sagte: „Ich gehe."

„Behandle sie gut." Sie starrte Jaxon kalt an.

Sein Gesicht wurde ernst. „Immer."

Ihre Augen verengten sich. „Das hoffe ich für dich. Ich weiß genau, wo ich dich finde."

Sie starrten sich gegenseitig an. Ich rollte mit den Augen. „Leute. Ihr wisst schon, dass ich genau hier stehe?" Sie blickten mich ausdruckslos an. „Ich kann auf mich selbst aufpassen."

„Ich stelle nur sicher, dass Jaxon versteht, dass du zur Familie gehörst. Keiner legt sich mit meiner Familie an." Jade zwinkerte mir zu. „Ruf Kirby an, wenn du nach Hause willst, er holt dich so schnell wie möglich ab."

Ich nickte, bevor Jaxon und ich uns durch die Menge zum Ausgang drängten. Als wir in die kalte Luft hinaustraten, hielt ein teures, silbernes Auto an. Der Angestellte stieg aus, reichte Jaxon den Schlüssel und öffnete mir dann die Tür. Nachdem ich hineingeschlüpft und in den Ledersitz gesunken war, wechselten wir kein Wort mehr. Als er seine Hand verheißungsvoll auf meinen Oberschenkel legte, schob ich sie weg. Ich stand nicht auf vertrauliche Berührungen.

Er runzelte die Stirn. „Alles okay?"

„Ja." Ich lächelte leicht. „Ich hätte nur nicht gedacht, dass ich heute Abend mit dir nach Hause fahre."

Er schmunzelte. „Keine Sorge. Ich respektiere dich auch morgen früh noch."

Ich lachte. „Die Frage ist, ob ich dich noch respektieren werde."

Er sah mich an, sein Blick wanderte über meinen Körper. „Ich schätze, das hängt davon ab, wie ich mich mache, was?"

„Ganz genau."

Er hielt vor einem Gebäude, das ich von mehreren Fotos in Zeitschriften kannte. Viele Prominente wohnten hier. Er lenkte seinen Wagen in die Tiefgarage und steuerte einen Parkplatz an. Er schaltete den Motor ab, und ich wartete darauf, dass er um den Wagen ging und mir die Tür öffnete.

Dann sagte er: „Hör mal, ich will nicht, dass du denkst, das ist Teil meiner Masche, aber ich muss sagen, dass ich schon länger ein Auge auf dich geworfen habe."

Ich grinste. „Das bestätigt meine Stalker-Theorie."

Er umfasste das Lenkrad und ließ es dann wieder los. „Sin, du bist nicht wie die anderen Frauen, die ich kenne."

Ich rollte mit den Augen. „Du meinst reich, verwöhnt und langweilig?"

„Nein. Ich meine schön, unabhängig und unzugänglich." Er hielt inne. „Ich will nur nicht, dass du denkst, mir ginge es nur um Sex."

Oh Gott!

Ich war kurz vor dem Durchdrehen. Glaubte er etwa, er müsste dem hier einen romantischen Anstrich geben, indem er mir das Blaue vom Himmel versprach? Ich war nicht auf der Suche nach Romantik. Die gab es verdammt noch mal nicht – zumindest nicht in meiner Welt.

„Jaxon, du brauchst mir nichts zu versprechen. Ich würde es sogar vorziehen, wenn du es nicht tust, denn ich kann dir nur diese eine Nacht geben."

„Was ist, wenn ich mehr will als eine Nacht?" Sein Blick wurde hart.

Ich holte mein Handy heraus. „Dann muss ich meinen Fahrer anrufen."

Jaxon legte seine Hand auf meine und drückte sie. „Ich nehme die eine Nacht."

Er beugte sich vor und küsste mich, aber ich zögerte. Irgendetwas fühlte sich einfach... falsch an. Es war fast so, als würden sich Fesseln um meine Handgelenke legen. Ich wich zurück, aber er drängte sich vor, seine Zunge umspielte meine.

Ich brach den Kuss ab, aber er ließ sich nicht abschrecken.

Er drückte sein Gesicht in mein Haar und wich dann zurück. „Bereit?", fragte er.

Ich starrte ihn an. „Nur heute Nacht." Ich wollte klarstellen, dass er nicht mehr bekommen würde.

„Ich hab's verstanden, Sin." Er strich über meine Wange, bevor er aus dem Auto stieg.

Etwas an seiner Reaktion und seinem ausdruckslosen Blick ließ mich innehalten. Mein gesunder Menschenverstand kämpfte gegen die Hitze zwischen meinen Beinen an, und das schamlose Bedürfnis, Sex mit Jaxon zu haben, gewann.

Im Aufzug griff Jaxon nach meiner Hand, aber ich zog sie weg. Es würde keine Kennenlern- oder Kuschelzeit geben und auch kein Geflüster süßer Nichtigkeiten.

Hier ging es nur um Sex.

Jaxon legte mir eine Hand auf den Rücken und führte mich zu seiner Tür, und ich versuchte, mein Unbehagen zu ignorieren. Jade hatte recht. Vielleicht war ich zu paranoid.

Vielleicht dachte ich zu viel nach. *Jaxon hat es schon kapiert. Er weiß, dass es nur um Sex geht.*

Ich holte tief Luft, als ich über die Schwelle trat, und betrachtete all die teuren Möbel. Die Wohnung war verdammt makellos.

„Das ist neu – ein Typ mit einer aufgeräumten Wohnung."

„Alles nur Fassade." Er zwinkerte mir zu. „Meine Mutter bezahlt einen Reinigungsservice. Sie hasst mein Chaos."

Sein Eingeständnis war nicht überraschend und bestätigte nur meine erste Einschätzung. Er war ein verwöhntes Muttersöhnchen.

„Interessant." Ich schlenderte herum und bewunderte die schönen Kunstwerke und Fotos.

Wie ich vermutet hatte, waren seine Eltern blond und schön, genau wie er.

Ich versteifte mich, als ich spürte, wie er besitzergreifend seine Arme um mich legte und mich an sich zog. Ich zwang mich, mich zu entspannen, als seine Lippen auf meine trafen. Ich küsste ihn begierig zurück, meine Zunge drang in seinen Mund ein und erforschte ihn leidenschaftlich.

Er ließ seine Hände auf meinen Hintern gleiten. Er stöhnte, als er meine Pobacken umfasste und mich gegen seine Erektion drückte. „Keine Spielchen mehr", knurrte er.

Er nahm meine Hand und zog mich in sein Schlafzimmer. Ich wehrte mich nicht, als er mich sanft auf das Bett drückte, seine Augen auf meine gerichtet. Ich war an dieses Spiel der Verführung gewöhnt. Es endete immer auf die gleiche Weise, das Anfachen meiner Lust, bis sie gestillt war. Ich starrte ihn an und genoss die Stripshow, als er sein schwarzes T-Shirt auszog und seinen Waschbrettbauch zum Vorschein brachte. Sein durchtrainierter Körper verriet, wie viel Zeit er im Fitnessstudio verbrachte, um seine Muskeln zu stählen.

Ich wollte mich gerade ausziehen, als er meine Hand ergriff.

„Nein, lass mich." Er zog mich hoch und streifte mir Jacke und Oberteil ab. Seine Finger öffneten gekonnt meinen BH, bevor er ihn quer durch den Raum warf. „Wunderschön", murmelte er. Seine Augen waren dunkel und intensiv, als er mich zurück auf das Bett drückte. Seine Lippen nahmen mich in Beschlag, während er meine Hose öffnete.

Ich lag nur in meinem Höschen da und wollte ihn mehr denn je. Ich erschauderte, als mir seine Finger das Höschen auszogen, bevor sie in mich glitten und sinnlich meine Nässe rieben.

„Ich kümmere mich um dich, Sin. Es wird so gut sein, dass du mich nie wieder verlassen willst."

Das war der Punkt, an dem er falsch lag. Ich würde ihn auf der Stelle verlassen.

Jaxon sprang vom Bett auf und riss sich die Jeans mitsamt seiner schwarzen Unterwäsche vom Leib. Ich griff nach seinem steinharten Schwanz, genoss meine Macht, ließ ihn zischen vor Lust.

„Noch nicht, Sin." Er drückte mich aufs Bett und küsste mich wie ein Mann, der mich gleich nach allen Regeln der Kunst durchvögeln würde.

Ich drückte gegen seine Brust. „Kondom", flüsterte ich. „Wo ist das Kondom?"

Er starrte mich perplex an. „Du nimmst nicht die Pille?"

Ich schnaubte. „Selbst wenn es so wäre, würde ich nicht ohne Kondom mit dir schlafen. Ich habe keine Geschlechtskrankheiten, und das soll auch so bleiben."

Er versteifte sich. „Für was für einen Typen hältst du mich?"

Ich stützte mich auf meine Ellbogen. „Hoffentlich bist du ein Typ, der weiß, dass Herumvögeln ohne Schutz verdammt dumm ist."

Er verengte seine Augen. „Ich bin sauber, Sin."

Ich schaute ihn ungläubig an. „Gut zu wissen. Also, wo ist das Kondom?"

Ich seufzte erleichtert, als er vom Bett rutschte und die Schublade seines Nachttisches öffnete. Er zog eine große Schachtel Kondome heraus.

Ich starrte ihn finster an. Was soll der Scheiß? Er hat Kondome, also warum zum Teufel macht er so eine große Sache daraus, eins zu benutzen?

„War das so schwer?", fragte ich ihn.

Er rollte sich auf das Bett und küsste mich intensiv. „Du bist so ein Klugscheißer."

„Ich lasse mich einfach nicht übers Ohr hauen, Rocker-Boy."

Er starrte mich an, und ich starrte kühn zurück. Früher wäre ich wegen meines kurvigen Körpers verlegen gewesen, aber inzwischen hatte ich die Frau akzeptiert, die ich war. Ich war vollkommen zufrieden mit meinem Aussehen, und nach seinem Ständer zu urteilen, war er es auch.

Er senkte sein Gesicht auf meine Brüste, und seine Zunge umkreiste meine Knospe. Ich zuckte bei den heißen, sinnlichen Berührungen seiner Zunge zusammen. Jaxon fuhr mit seiner großen Hand über meinen Bauch, drückte mich ans Bett, während er abwechselnd über meine Brustwarzen leckte und an ihnen saugte.

„Jaxon, mach mal ernst", stöhnte ich und zog an seinen Haaren.

Er ignorierte mich und ließ seine Finger in meine feuchten Falten gleiten. Stöhnend wölbte ich mich ihm entgegen, versuchte, ihm näher zu kommen. Sein Daumen spielte mit meiner Klitoris, während seine wendige Zunge meine Brustwarzen verwöhnte, bis beide harte, kleine Perlen wurden.

Jaxon knurrte und schob mich weiter aufs Bett. Er hob meine Knie auf seine Schultern und stürzte sich mit dem Gesicht voran in meine Mitte. Seine dicke Zunge schnippte und leckte meinen Kitzler mit solcher Wildheit, dass ich innerhalb kürzester Zeit kam. Ich schrie seinen Namen wie ein ekstatisches Gebet.

Als er sich zurückzog, starrte er mich voller Genugtuung an, sein Mund glänzend von meiner Nässe. „Nochmal, Sin."

Er schob seine Finger in mich. Ich keuchte, mein Haar war verschwitzt und verheddert, und meine Hüften kreisten.

„Schrei noch einmal für mich, Sin. Ich muss es hören. Ich muss wissen, dass du dich so sehr nach mir sehnst, wie ich mich nach dir sehne."

Er stieß seine Finger fester und tiefer. Ich drückte den Rücken durch und schrie wie eine Verrückte. Meine Zehen krümmten sich, als seine Finger mir einen weiteren Orgasmus bescherten. Als meine sexuelle Euphorie langsam verebbte, war Jaxon direkt über mir. Er riss die Packung auf und streifte sich das Kondom schnell über seinen Schwanz, bevor er sich auf mich herabließ.

Ich stöhnte und schlang meine Beine um ihn. Mein Körper summte voller Vorfreude. Ich spürte, wie seine Eichel an meinen Eingang stieß, bevor er schließlich in mich eindrang. Er stützte sich neben meinen Schultern ab, in seinen Augen stand ein Ausdruck der Besessenheit.

„Oh Gott, ja. Endlich..." Er stöhnte, als er begann, sich zu bewegen.

Sein Schwanz machte mich wahnsinnig. Gott sei Dank entsprachen die Gerüchte der Wahrheit. Er vögelte wirklich wie ein Champion.

„Fick mich, Jaxon", schrie ich auf.

Er behielt seinen Rhythmus bei, seine Eier stießen gegen meinen Hintern. Ich schloss die Augen, als die Hitze in meiner Mitte aufloderte. Er zog sich zurück und stieß wieder zu, traf mit jedem Stoß die richtige Stelle. Ich kratzte über seinen Rücken, unsere Körper bewegten sich perfekt synchron.

„Nur ich", keuchte er und stieß tiefer zu.

Ich riss die Augen auf. „Was?"

„Nur ich", rief er.

Er zog sich zurück und versenkte sich erneut, traf mit jedem Stoß meinen G-Punkt.

Von Lust benebelt keuchte ich: „Härter, härter!"

„Ich lasse nie los", knurrte er, bevor er die Kontrolle verlor und wieder und wieder in mich stieß.

Mein Atem ging stoßweise, mein Körper erbebte und stand kurz vor dem Orgasmus. Sein Körper krampfte sich in einem Schrei zusammen. Ich kam mit einer Intensität zum Höhepunkt, die ich noch nie erlebt hatte.

Er rollte sich von mir, zog seinen Schwanz aus mir heraus und starrte mich mit einem sexy, trägen Lächeln an. „Nochmal. Dieses Mal bist du oben", verlangte er. Er zog das Kondom ab und streifte ein anderes über seinen immer noch harten Schwanz.

Ich lag still da und versuchte, wieder zu Atem zu kommen, während ich meine anmutige Flucht plante.

Er drückte seine Lippen auf meine. „Bleib, Sin." Er knabberte an meinem Hals. „Reite mich."

Ich hörte die Anhänglichkeit in seiner Stimme und zögerte. Ich konnte mich nicht entscheiden, ob ich meinem Instinkt folgen und gehen oder Jaxon eine Chance geben sollte, indem ich meine Vergangenheit hinter mich ließ. Mein Magen krampfte sich zusammen, als ich eine Entscheidung traf, die allem widersprach, was ich mir geschworen hatte.

Ich schwang mein Bein über seinen Körper und lächelte. „Mit Vergnügen. Wenn es etwas gibt, das ich liebe, dann ist es ein guter, harter Ritt."

KAPITEL 3
SINTHIA

Ich verließ Tabithas Boutique und bahnte mir einen Weg durch das chaotische abendliche Gedränge der New Yorker, die es eilig hatten, nach Hause zu kommen. Ich war erschöpft. Es war ein wirklich langer Tag gewesen, und in meinem Kopf herrschte immer noch absolutes Chaos. Vor allem ein Gedanke ließ mich nicht mehr los.

Er liebt mich? Heilige Scheiße!

Eine Woche später konnte ich es immer noch nicht fassen. Mitten in unserer frühmorgendlichen, heißen Fick-Session hatte Jaxon mich mit seinen wunderschönen blauen Augen angeschaut und gesagt, dass er mich liebte.

Er liebt mich? Hat er seinen verdammten Verstand verloren?

Wir hatten nur ein einziges Mal miteinander geschlafen. Zuerst dachte ich, ich hätte es mir nur eingebildet, als er sagte, dass er mich liebte, aber als er daraufhin meinte, er könne sich nicht vorstellen, mit jemand anderem zusammen zu sein, drehte ich durch. Ich stürzte aus dem Bett, zog mich an und floh, als wären mir die Höllenhunde auf den Fersen.

Ich rief nicht einmal Kirby an, damit er mich abholte und stürmte so schnell aus Jaxons Wohnung, dass ich sogar vergaß, meine Lieblingsdesignerunterwäsche mitzunehmen. Als ich zu Jades Penthouse zurückkehrte, merkte ich, dass ich keine verdammte Unterwäsche trug. *Scheiße, verfluchte!* Ich liebte dieses durchsichtige rosa Höschen und hatte monatelang gewartet, bis es endlich im Angebot war.

Ich schüttelte den Kopf. Ich brauche einen Kaffee.

Mein Handy klingelte. Auf dem Display stand zwar *unterdrückte Nummer*, aber ich ging trotzdem ran, weil ich das schon kannte. Die Person würde sofort auflegen oder ein paar Sekunden warten, um sich mein wütendes Fluchen anzuhören, bevor sie auflegte. Das ging schon seit Tagen so, und es war zum Verrücktwerden.

Ich steckte mein Handy in meine Handtasche und ging weiter in den ruhigen Teil der Stadt. Die Straßen waren hier herrlich leer – kein Verkehr und keine unhöflichen Fußgänger, die drängelten und sich gegenseitig schubsten. Zuerst holte ich mir einen Kaffee, dann machte ich mich direkt auf den Heimweg – ich hatte Entwürfe zu bearbeiten.

Ich blieb an einer Ecke stehen und wartete, bis ein Taxi vorbeifuhr, bevor ich die Straße überquerte. Auf halber Strecke hätte ich fast meine Zunge verschluckt, als ein dunkles Auto aus der Dunkelheit auf mich zuraste. Gerade noch rechtzeitig sprang ich zurück auf den Bürgersteig und sah entsetzt zu, wie das Auto an einem geparkten Wagen entlangschrammte und dann weiterfuhr.

Was soll der Scheiß?

Ich war wie erstarrt. Mein Herz raste.

Oh Gott, versucht da jemand, mich umzubringen?

Hör auf, Sin. Du bist einfach nur paranoid.

Ich zog meine Jacke zurecht und wollte die Straße erneut

überqueren, doch ich riss meinen Kopf nach links und hielt mit einem Fuß auf der Straße inne, als dasselbe dunkle Auto mit ausgeschalteten Scheinwerfern um die Ecke bog. Es kam quietschend zum Stehen, etwa drei Autos entfernt von mir. Der Fahrer ließ den Motor bedrohlich aufheulen. Ich knirschte mit den Zähnen, trat auf die Straße und stellte mich dem Auto entgegen. Ich versuchte, einen Blick ins Innere zu erhaschen, aber die getönten Scheiben verbargen das Gesicht des Fahrers.

Scheiß drauf.

Ich wollte mich nicht von einem Verrückten einschüchtern lassen und ging langsam auf das Auto zu. Der Fahrer ließ den Motor wieder aufheulen und raste dann auf mich zu.

Oh, verdammt, nein!

Ich rettete mich auf den Bürgersteig und rannte in die entgegengesetzte Richtung. Als ich zurückblickte, sah ich, dass er angehalten hatte. Mein Herz schlug mir bis zum Hals. Ohne zu zögern drehte ich mich um und rannte so schnell weiter, dass meine Brust von der Anstrengung brannte.

Ich hörte nicht auf zu laufen, bis ich Jades Wohnhaus erreichte, und schlüpfte am Pförtner vorbei, der gerade mit einem Polizisten sprach. Keuchend und schnaufend betrat ich den Aufzug. Ich stützte mich auf die Knie und versuchte, wieder zu Atem zu kommen. Die ganze Fahrt über schossen mir zwei Gedanken durch den Kopf: Erstens: *Verdammt! Ich muss verdammt noch mal in Form kommen,* und zweitens: *Jemand verfolgt mich.*

Als ich aus dem Aufzug trat, fühlte ich, wie sich mein Puls beim Anblick von Jades Nachbarn, die im Flur standen und sich unterhielten, wieder beschleunigte. Als ein Polizeibeamter aus dem Penthouse kam, rannte ich mit einem flauen Gefühl im Magen hinein. Ich blieb abrupt stehen, als ich Jade sah, die sich stirnrunzelnd in der Wohnung umblickte.

„Was zum Teufel ist passiert?", krächzte ich.

„Der seltsamste Scheiß überhaupt", antwortete sie und deutete auf die Tür. „Als ich nach Hause kam, stand die Tür weit offen. Ich weiß, dass ich sie abgeschlossen hatte. Ich bin in Panik geraten. Alles, woran ich denken konnte, war, dass jemand unser ganzes Zeug gestohlen hat."

Ich sah mich um. „Was wurde gestohlen?"

Sie runzelte die Stirn. „Nicht das Geringste. Das ist ja das Merkwürdige daran. Ich habe mich umgesehen, und nichts war weg oder fehl am Platz. Ich habe vorsichtshalber die Polizei gerufen. So etwas passiert in dieser Gegend nicht, geschweige denn in diesem Gebäude." Sie schlenderte zum Kühlschrank hinüber und holte zwei Flaschen Wasser heraus.

Durstig ging ich hinüber, schnappte mir eine und nahm einen großen Schluck. Ich strich mir die Haare aus dem Gesicht und zog eine Grimasse, weil meine Stirn vom Schweiß feucht war. „Was ist mit den Überwachungskameras?"

Sie zuckte mit den Schultern. „Ich habe beim Sicherheitsdienst nachgefragt. Es ist nichts drauf." Sie musterte mich. „Das ist ein neuer Look. Warum so hektisch-schmuddelig?"

„Irgendein Arschloch hat versucht, mich zu überfahren", murmelte ich, bevor ich einen weiteren Schluck nahm.

Jade verschluckte sich an ihrem Wasser. „Was?"

„Lange Geschichte, aber ich glaube, jemand will mir Angst einjagen oder mich schlimmstenfalls umbringen." Ich knabberte an meiner Unterlippe.

Jade kam zu mir, umarmte mich und trat zurück. „Bist du sicher, dass es nicht nur ein verrückter New Yorker Fahrer war?"

„Oh, da bin ich mir ganz sicher. New Yorker Fahrer neigen dazu, den Unfallort zu verlassen. Sie kommen nicht zurück. Dieses Auto kam zurück und hat mich über mehrere Blocks hinweg geängstigt." Ich lehnte meine Hüfte gegen den Granittresen.

„Das gefällt mir nicht", meinte Jade.

„Ach nein?", fragte ich müde.

Innerhalb weniger Tagen waren viel zu viele seltsame Dinge passiert, und ich glaubte nicht an Zufälle.

Jades Augen trübten sich vor Sorge. „Ich habe beschlossen, die Schlösser auszutauschen, der Schlosser sollte bald hier sein. Du nimmst ein heißes Bad und entspannst dich. Ich kann auch allein warten. Du musst morgen früh raus."

„Ja, genau das brauche ich jetzt. Meine Nerven liegen völlig blank." Ich konnte nicht einmal daran denken, an meinen Skizzen zu arbeiten.

Ich ging durch die Wohnung und zog meine Jacke aus. Gedankenverloren merkte ich erst, dass ich in meinem Schlafzimmer war, als ich über die Schwelle trat. Als ich meine Jacke auf das Bett warf, fiel ich fast in Ohnmacht. Etwas Unvorstellbares lag dort. Das rosafarbene Höschen, das ich in Jaxons Wohnung zurückgelassen hatte, war um eine langstielige weiße Rose gewickelt.

Genau wie ich gedacht hatte: Es gab keine Zufälle.

KAPITEL 4
SINTHIA

SIEBEN JAHRE SPÄTER... HEUTE

ICH LIEBTE Sommernächte in Manhattan. Schwüle lag in der Luft, als die New Yorker zu ihrer Freitagabendunterhaltung eilten. *Verdammt, ist das heiß.* Jetzt verfluchte ich meine Entscheidung, zu Fuß zu gehen, anstatt ein Taxi zum Club zu nehmen.

Ich strich mir das kastanienbraune Haar aus dem Nacken. Jeder Muskel in meinem Körper war erschöpft, weil ich den ganzen Tag an meiner neuen Modekollektion gearbeitet hatte. Mein Körper flehte mich an, es langsamer anzugehen, aber in meinem Kopf wirbelten die Listen mit den Dingen, die ich noch nicht erledigt hatte.

Vielleicht habe ich mir zu viel vorgenommen. Allein der Gedanke daran ließ in mir ein mulmiges Gefühl aufkommen.

Diese Kollektion wäre entweder mein Durchbruch oder mein Untergang. Es war beängstigend, aber genau so war es.

Als Lily Sanchez, eine energische Einkäuferin eines Luxuskaufhauses in der Fifth Avenue, die gehobene Boutique meines Freundes Francisco „Cisco" Rodriguez betreten und sich sofort in meine Kleidung verliebt hatte, die er zum Verkauf anbot, hatte sie mein Leben für immer verändert. Einfach so, mit sechsundzwanzig Jahren, war ich nicht mehr nur ein junger Liebling der Modewelt. Nein, jetzt rissen sich mehrere Luxusmodeeinkäufer darum, meine ausgefallene Sin Michaels Damenmode in ihren Geschäften führen zu dürfen.

Es war ein beängstigendes Unterfangen, vom Verkauf in schicken Boutiquen wie die von Tabitha und Cisco zum Verkauf in Kaufhäusern überzugehen. Ehrlich gesagt war ich vollkommen damit zufrieden, meine Kleidung in kleinen Läden anzubieten und mir mit meinem unverkennbaren Street-Smart-Stil einen Namen zu machen.

Aber Lily hatte recht. Sich *wohlzufühlen* war nicht mehr genug. Es war an der Zeit, zu expandieren, und ich war bereit – nun ja, fast bereit. Ich brauchte Geldmittel für die Herstellung meiner neuen Linie, sonst würde mein Traum zugrunde gehen. Ich war gerade dabei, einen Haufen Schulden abzubauen, und keine Bank würde mir je einen Kredit geben. Deshalb war ich völlig aus dem Häuschen, als Tabitha mich anrief. Sie war geradezu euphorisch, dass eine ihrer Geschäftsverbindungen die Geldmittel im Austausch gegen einen kleinen Prozentsatz meiner künftigen Gewinne bereitstellen würde. Die Tinte auf dem Geschäftsvertrag war noch nicht einmal richtig getrocknet, als zwei Millionen Dollar auf mein Geschäftskonto überwiesen wurden, mit dem Versprechen einer weiteren Million in sechs Monaten.

Kann ich meine neue Kollektion wirklich auf die Beine stellen?

Ich atmete tief durch und weigerte mich, den zerstörerischen Weg der Selbstzweifel einzuschlagen. Dies war eine sehr aufregende Zeit in meinem Leben. Ich sollte mich eigentlich über die glückliche Wendung freuen, die mein Leben zum Besseren verändert hatte. Aber stattdessen konzentrierte ich mich auf all die Dinge, die mir das Genick brechen konnten.

Endlich stand ich vor dem unscheinbaren Lagerhaus. Es war schwierig gewesen, den Ort in der kleinen Straße mit minimaler Beschilderung zu finden.

Scheiße, wenn nicht der große, kräftige Mann vor dem Eingang gestanden hätte, wäre ich glatt daran vorbeigegangen.

Interessiert beobachtete ich, wie ein Pärchen sich betatschte, während es zum Türsteher schlenderte, der es prompt abwies. Stirnrunzelnd stolzierte ich auf den stämmigen Mann zu, der den Eingang des Clubs versperrte.

„Sin Michaels", stellte ich mich vor und reichte ihm meinen Ausweis.

Er scannte ihn mit einem Gerät, das an seinem Tablet befestigt war, und lächelte, als sich sein Blick auf meine üppigen Brüste richtete.

Ich schnippte mit den Fingern. „Hey! Hier oben."

Er grinste auf eine Art und Weise, die zeigte, dass es ihn einen Scheißdreck interessierte, bevor er wieder auf sein Tablet hinunterblickte. „Der Rest deiner Gruppe ist noch nicht da, aber du kannst reingehen." Er gestikulierte in Richtung meines Handgelenks und legte mir dann ein schwarzgoldenes Armband um.

Ich hob eine Augenbraue.

Er zwinkerte. „Es lässt die Gäste wissen, dass du nicht am Spielen interessiert bist. So heiß wie du bist, Süße, wirst du es brauchen, um sie von dir fernzuhalten." Er trat einen Schritt zur Seite. „Willkommen im McKay Club."

Ich schnaubte. Er sagte *McKay Club*, als wäre er ein religiöses Heiligtum. Jeder wusste über den McKay Club Bescheid. Er war Teil einer Kette von Privatclubs, die dem wohlhabenden New Yorker Einsiedler und Geschäftsmogul Core McKay gehörten. Insidern zufolge waren alle seine Clubs Spielplätze für die Elite, die Reichen und die Schönen, die dort diskret Affären eingehen und ihre verrückten, abartigen Fantasien ausleben konnten.

Warum zum Teufel hält jemand ein Geschäftstreffen in einem solchen Club ab?

Der Rhythmus der Musik traf wie ein Vorschlaghammer auf meinen Körper, als ich über die Schwelle trat. Jeder Schlag fühlte sich an wie ein Nagel, der sich in meinen Kopf bohrte und die Migräne weckte, die ich zu unterdrücken versuchte. Ich wollte nur noch nach Hause, meine bequemen Leggings anziehen und vor lauter Erschöpfung in Ohnmacht fallen.

Als ich in die dunklen Ecken des Raumes spähte, fiel mir auf, dass das McKay eher wie ein luxuriöses Penthouse als ein Club aussah. Die Einrichtung war seltsam sinnlich und intim, mit asiatischen Motiven, Bambusschirmen und Gemälden, die überall an den Wänden hingen.

Mein Blick wanderte zum Türsteher, der vor einem mit teurem Stoff verhängten Durchgang Wache stand. Er trat zur Seite und machte den Weg frei für die Männer und Frauen, die ihre tintenschwarzen Armbänder zur Schau stellten. Wahrscheinlich war dies der Raum, in dem die ganzen sexuellen Ausschweifungen stattfanden. Ich hatte nicht das geringste Interesse, da hineinzugehen.

Ich seufzte und ging zielstrebig auf den Türsteher zu, der mir den Eingang versperrte. Er zeigte auf mein Armband. „Tut mir leid. Dieser Bereich ist nur für geladene Gäste."

Ich schnaubte. „Ich will nicht…"

Meine Tirade wurde durch ein Tippen auf meine Schulter unterbrochen. Verärgert sah ich mich um und biss mir fast auf die Zunge, als ich einen wunderschönen Mann erblickte, der mich mit mehr als nur ein wenig Interesse anstarrte.

„Gehst du rein?", fragte er mit sanfter Baritonstimme.

„Was?", krächzte ich, bevor ich mich räusperte. „Nein, tue ich nicht."

„Wie schade." Er zwinkerte mir zu, zeigte dem Türsteher sein Handgelenk und schob den Stoff zur Seite. Er schritt hindurch, ohne mich eines weiteren Blickes zu würdigen. Neugierig versuchte ich, durch den Schlitz des sich schließenden Vorhangs einen Blick dahinter zu erhaschen.

Der Türsteher schoss ihn energisch. „Wie ich schon sagte, nur mit Einladung."

Ich schürzte die Lippen und fragte: „Wie komme ich zur Bar auf der Dachterrasse?"

Er zeigte auf den diskret platzierten Aufzug, und ich machte mich auf den Weg dorthin. Die Fahrt auf das Dach dauerte nur wenige Sekunden, die Türen öffneten sich und gaben den Blick frei auf Frauen mit edlen Handtaschen und viele Männer in Anzug und Krawatte. Ich konnte den Reichtum fast riechen, der durch die Luft wehte. Gerade als ich dachte, das Dach sei die jugendfreie Version des Erdgeschosses, sah ich die halbnackten Körper, die sich auf der Tanzfläche wanden und Szenen aus einem Pornofilm nachspielten.

Ich bahnte mir einen Weg durch die Menge zur Bar. Ich wollte einfach nur dieses Geschäftstreffen hinter mich bringen und gehen. Ich ignorierte die interessierten Blicke der Männer und Frauen, die sich mehr auf meine Beine als auf ihre Getränke konzentrierten, und erreichte unversehrt mein Ziel.

Ich winkte dem Barkeeper und verlangte einen trockenen Gin-Martini.

Er nickte und ging weg.

Ich schnaubte über den glühenden Blick eines hübschen Jungen, der aussah, als sei er einer Modezeitschrift entsprungen. Sein Haar war zu perfekt gestylt, und seine Kleidung stammte direkt vom Laufsteg. Ich verdrehte die Augen, als er vor mir stehen blieb und mit blitzenden Zähnen lächelte, sodass ich fast blind wurde. Er war nicht im Entferntesten mein Typ – er sah zu süß aus. Ich mochte meine Männer hart und kantig, mit Tattoos, die jeden Zentimeter ihres entblößten, muskulösen Körpers zierten.

Er schaute auf mein Armband hinunter und dann auf meine Brüste, als wollte er sie zu einem Date einladen. „Hallo."

Ich runzelte die Stirn. Der Schönling macht sich zu viele Hoffnungen.

Ich hielt ihm meine Hand ins Gesicht und sagte: „Nein. Einfach nein. Okay?"

Zum Glück zuckte er nur mit den Schultern, bevor er sich abwandte, wahrscheinlich weil er der Meinung war, dass ich die Mühe oder die Peinlichkeit nicht wert sei.

Der Barkeeper reichte mir den Martini. Ich nippte an dem Getränk und erkannte Tabitha, die gerade auf mich zukam. Sie sah so umwerfend aus wie immer, in einem von Kopf bis Fuß schwarzen Ensemble, das ihrem sinnlichen Körper schmeichelte. Neben Jade war Tabitha meine zweite beste Freundin. Sie war eine talentierte Designerin und meine Mentorin. Hinter ihrer polierten Fassade als Tabitha Thorp, der berühmten Designerin, wusste nur ich, dass sie in den rauen Straßen von Brooklyn aufgewachsen war und *Dinge getan hatte, auf die sie nicht besonders stolz war* – ihre Worte, nicht meine. Ich wollte wissen, was das für Dinge waren, aber sie weigerte sich, mich in ihr Geheimnis einzuweihen, also drängte ich sie nicht weiter.

„Hey, Tabi! Dein Outfit lässt mir das Wasser im Mund zusammenlaufen", grüßte ich frech.

Tabitha küsste mich auf die Wange. „Das ist ja noch schöner. Die Designerin schwärmt von ihrem eigenen Entwurf." Sie stupste mich mit ihrem Ellbogen an. „Ja, oh, Königin der Mode, du bist so toll. Lass uns alle herumtanzen und uns in deiner kreativen Sexyness sonnen."

Ich lächelte. „Okay, ja, ich habe nach Komplimenten gefischt. Du musst es mir nicht unter die Nase reiben."

Tabitha starrte mich an. „Was zum Teufel hast du da an?"

Ich blinzelte unschuldig. „Hm?"

„Du hast gelogen. Du hast gesagt, es sei noch nicht fertig. Ich will es. Zieh es sofort aus."

„Gefällt's dir?" Ich schaute sie schüchtern an. „Ich bringe Kurven wieder in Mode." Ich nickte in Richtung der überfüllten Tanzfläche. „Geh und sag das den dürren Schlampen."

Das schwarze Lederkleid war vorne superkurz und hinten länger, sodass es sich um meine kurvigen Hüften schmiegte. Das hautenge Korsett drückte meine üppigen Brüste hoch und schnürte meine schmale Taille ein.

„Ich bin erst heute damit fertig geworden und wollte eine Runde damit drehen – du weißt schon, den Leuten zeigen, womit ich arbeite." Ich lächelte verschmitzt.

Das war mein Zeig's-ihnen-Kleid, und den Männerblicken nach zu urteilen, war ich noch immer nicht zu verachten. Und was noch wichtiger war: Sobald ich es in meine

Kollektion aufgenommen hatte, würde sich das Kleid verkaufen wie warme Semmeln.

Tabithas Grinsen verschwand. Ich wusste, dass sie die Schatten unter meinen Augen bemerkt hatte.

„Sin, du arbeitest zu viel. Du brauchst eine Pause, ein bisschen Entspannung. Wie wäre es mit dem Urlaub, den du mit Jade geplant hast?"

Ich rollte mit den Augen. „Ein Urlaub mit Jade wäre keine Entspannung. Es wäre eine Nonstop-Party, und dafür habe ich im Moment nicht die Kraft. Außerdem muss ich eine ganze Kollektion entwerfen."

Tabitha schürzte ihre üppigen Lippen. „Du musst dich ausruhen, Sin. Du treibst dich noch selbst in einen Zusammenbruch."

Ich runzelte die Stirn. „Nun, das ist ja ein süßer Ratschlag von der Vorsitzenden des Workaholic-Clubs. Nein, danke. Ich habe eine Menge Arbeit. Apropos Arbeit, ich habe für dieses Treffen extra früher Schluss gemacht." Ich drängte mich nach vorne. „Also, wo ist mein Investor?" Ich schürzte missmutig die Lippen.

Ich hasste das Wort *Investor* wirklich. Es war zu geheimnisvoll, und das nicht auf eine gute Art. Wenn man bedachte, mit welchen zwielichtigen Gestalten sie Geschäfte machten, war es fast schon unheimlich.

„Er hat mich gerade angerufen. Er schafft es nicht. Er muss ein Geschäft abschließen, aber sein Partner, Ram Steele, kommt an seiner Stelle."

Ich funkelte sie an. „Er hat eine Notfallsitzung einberufen und kommt dann nicht? Bullshit."

Tabitha zuckte mit den Schultern. „Er ist ein sehr beschäftigter Mann."

Ich starrte sie an, als hätte sie den Verstand verloren, und antwortete: „Und ich bin es etwa nicht? Was soll diese ganze Geheimniskrämerei?", zischte ich. „Warum darf ich seinen verdammten Namen nicht erfahren?"

Tabithas Augen verhärteten sich. „Darling, je weniger du weißt, desto besser. Glaub mir."

Meine Hände verkrampften sich um den Stiel meines Glases. *Verdammt! Das ist genau das, wovor ich Angst habe.*

„Sin, ich schwöre dir, er ist seriös. Ich würde dich da nicht mit hineinziehen, wenn er es nicht wäre."

Ich blickte sie missbilligend an.

Tabitha seufzte schwer. „Sin, du kannst nicht alles haben. Du hast mich gebeten, einen Investor zu finden, und das habe ich getan. Du hast das Geld bekommen. Ist das nicht alles, was jetzt zählt?"

Ist es das?

Ehrlich gesagt, wusste ich es nicht, aber ich wusste, dass ich ohne diesen geheimnisvollen Investor meine Kollektion nicht umsetzen konnte.

Mein Körper entspannte sich langsam. „Du hast recht." Ich seufzte schwer und klopfte mit den Fingern gegen das Glas. „Ich schätze, ich bin nur etwas verunsichert, weil er mich treffen wollte. Scheiße, es ist schon einige Monate her, dass er mir das Geld gegeben hat, und er hat mich nicht ein einziges Mal gesehen. Warum will er es jetzt?" Meine Augen weiteten sich. „Macht er sich Sorgen, ob mein Projekt Gewinn abwirft?"

Tabitha zuckte mit den Schultern. „Ich weiß es nicht. Ich habe nicht nachgefragt."

Ich hob eine Braue. „Du hast nicht nachgefragt?"

„Er ist nicht gerade der Typ Mann, dem man Fragen stellt. Du machst, was er sagt. Das ist alles."

Ich runzelte besorgt die Stirn. „Oh Gott." Ich nahm einen Schluck von meinem Getränk.

Er war ein Kontrollfreak. Das würde ein Schlamassel werden, wenn er sich jetzt in meine Arbeit einmischen wollte.

Durch die wachsende Menschenmenge an mich gedrückt, stieß Tabitha mich mit ihrem Ellbogen und ihrer Hüfte an. Ich machte ihr sofort Platz, damit sie sich gegen die Bar lehnen konnte.

„Hör mal, es gibt keinen Grund zur Sorge." Sie blickte sich neugierig um. „Er lässt so lange die Finger davon, bis er daran zweifelt, dass das Geschäft Gewinn abwirft. Und dein Geschäft steht kurz davor, einen Haufen Geld einzubringen. Glaub mir, wenn es nicht so wäre, hätte er dir das Geld gar nicht erst gegeben." Sie hielt inne. „Sei dankbar, Sin. Es könnte schlimmer sein. Mein Investor sitzt mir bei jeder Kollektion im Nacken. Weißt du, was das für meine Kreativität bedeutet?" Sie legte eine Hand um meine Taille und drückte sie sanft. „Sin, entspann dich doch mal. Warum kannst du deinen Erfolg nicht einfach genießen, ohne ein Drama daraus zu machen?"

Nichts in meinem Leben war einfach gewesen, vor allem nicht, seit ich mich von meiner Mutter Grace losgesagt hatte. Ich hatte kämpfen, kratzen und betteln müssen, um dorthin zu gelangen, wo ich heute war. Ich wusste, dass ich mir meinen Erfolg verdient hatte, aber ich konnte nicht umhin, über meine Schulter zu schauen und darauf zu warten, dass die Blase platzt.

Ich atmete ein, um mich zu beruhigen. „Gott, du hast recht. Ich mache mir umsonst Sorgen."

Tabitha zwinkerte mir zu. „So ist es richtig, Kleine. Jetzt lass uns eine Runde Martinis bestellen, auf das Leben anstoßen und hoffen, dass Mr. Steele seinen Arsch so bald wie möglich hierherschleppt, bevor wir beide stockbesoffen sind."

Sie winkte dem Barkeeper, aber der war schon mit zwei trockenen Gin-Martinis auf dem Weg zu uns.

„Zwei trockene Gin-Martinis", verkündete er und schob Tabitha und mir je einen Drink zu.

„Wir haben nichts bestellt", entgegnete ich und tippte mit den Fingern auf die Theke.

Er lächelte breit. „Eine freundliche Zuwendung jenes Gentlemans." Er nickte in Richtung eines dunkelhaarigen Mannes, der an der Bar lehnte.

Seine Muskeln ließen sein gestärktes, maßgeschneidertes, weißes Hemd spannen, und es war kaum zu übersehen, dass der große Mann mich eingehend musterte. Ich legte den Kopf schief und starrte ihn unverhohlen an. Selbst in einem Raum voller gut aussehender Männer stach er heraus. Er war heiß – na ja, heiß und furchterregend. Er lächelte nicht einmal. Im Gegenteil, er sah mich finster an, und die Bedrohung, die von ihm ausging, umhüllte mich wie eine dunkle Wolke.

Tabithas Rehaugen weiteten sich, bevor sie sich räusperte. „Na, wenn der nicht lecker ist", schnurrte sie und grinste mich von der Seite an. „Gehst du jetzt rüber und bedankst dich bei ihm?"

Er sah aus, als würde er nichts als Ärger bringen. Ich hob das Martiniglas an meine Lippen und starrte weiter auf meine neue Eroberung.

„Nein. Wie im Zoo schaue ich mir gefährliche und schöne Kreaturen lieber aus der Ferne an."

Sie stieß mich in die Seite. „Verdammt noch mal, du

leckst den Rand deines Glases, während du ihn mit den Augen fickst."

Scheiße! Meine Zunge stoppte mitten in der Bewegung. Ich hatte gar nicht bemerkt, dass ich das getan hatte. *Verdammt nochmal!*

Ich warf ihr einen bösen Blick zu, bevor ich mein Glas in einem Zug leerte. Ich sollte zu Hause sein und schlafen. Stattdessen starrte ich einen Mann an als wäre ich eine Nymphomanin. Ich schnappte mir den Drink, den er mir spendiert hatte.

„Mein Gott, was zum Teufel mache ich hier?", murmelte ich vor mich hin.

Tabitha stieß mich mit der Hüfte an und wiegte ihren Körper im Takt der Musik. „Es ist okay, aus deinem Alltag auszubrechen und dich auf ein Abenteuer einzulassen." Sie hob die Augenbrauen.

„Aha." Ich seufzte. „Auf keinen Fall. Er ist tabu", antwortete ich barsch.

Er war hinreißend, einfach verdammt hinreißend. Sein dunkles Haar war kurz geschoren. Seine glühenden grauen Augen machten mich ganz scharf. Seine strengen Gesichtszüge passten gut zu seinen gemeißelten Wangenknochen und seinem beinahe schmerzhaft kantigen Kiefer. Sein Körper strotzte nur so vor Muskeln, aber er war überhaupt nicht mein Typ. Er sah aus wie ein CEO, und ich war mir verdammt sicher, dass ich nicht im Entferntesten sein Typ Frau war, vor allem mit meiner unkonventionellen Kleidung und meinem tätowierten Rücken.

Ich drehte mich provokativ um und zog mein langes kastanienbraunes Haar über die Schulter, so dass er einen Blick auf die verschlungenen Tätowierungen auf meinem Rücken werfen konnte. Ich hoffte, er würde sich einfach den

Barbies zuwenden, die ihn mit lüsternen Augen anstarrten. Dann blickte ich selbstgefällig über meine Schulter, aber er stand immer noch da und starrte mich an.

Scheiße. Nun, das ist neu.

Ich fuhr mir mit zitternden Fingern durchs Haar und murmelte: „Sag es mir noch einmal. Warum mache ich diesen Scheiß? Ich habe einen Haufen Arbeit zu erledigen."

Tabitha rollte mit den Augen. „Was zum Beispiel?"

„Ich habe Kunden, die von mir abhängig sind."

Tabitha verschluckte sich an ihrem Martini. „Sin, du bist Modedesignerin und keine Ärztin. Außerdem hattest du seit Monaten kein Date mehr. Du arbeitest nonstop. Genieße einfach das Interesse eines sexy Mannes."

Als ich seinen glühenden Blick weiterhin auf mir spürte, drehte ich mich um und schaute ihn direkt an. Seine Augen blitzten auf, und er hob eine Braue. Es gab kein Lächeln. Wahrscheinlich wusste er gar nicht, wie das ging. Als er seine muskulösen Arme verschränkte, wanderten meine Augen seinen breiten, gut gebauten Körper hinauf und blieben bei seinen stechenden, hellgrauen Augen stehen. Meine Finger verkrampften sich, und ich wollte so gerne durch sein kurz geschnittenes, nachtschwarzes Haar fahren.

Scheiße, Scheiße, Scheiße.

Es würde eine weitere lange Nacht werden, in der ich Beast, meinen Lieblingsvibrator, bis zum Äußersten trieb.

Ich unterbrach den Blickkontakt mit dem Mann und sah zu Tabitha hinüber. „Ich muss aufhören. Ich will seine Erwartungen nicht zu hoch schrauben, denn ich werde ihn heute Abend ganz sicher nicht mit nach Hause nehmen." Ich stupste sie an. „Warum gehst du nicht rüber und zähmst ihn?"

Tabitha schmollte spielerisch. „Nun, leider steht der

prächtige Löwe nicht auf mich. Wenn er es täte, wäre ich sofort da drüben, bereit und willens, ihn zu erlegen, als wäre ich auf einer Safari."

Ich lachte und verschluckte mich fast an meinem Getränk. „Mich hat noch kein Mann so intensiv angestarrt. Es ist, als wäre ich ein Reh, und er hätte bereits Blut geleckt. Versteh mich nicht falsch. Ich habe nichts dagegen, wenn ein gut aussehender Mann mich lecken will." Ich wackelte mit den Augenbrauen.

Tabitha schlug spielerisch nach mir. „Du bist so ungezogen, und ich liebe es."

„Aber was soll dieser Ich-will-dich-auseinandernehmen-Blick?"

„Nun, find es raus", antwortete sie trocken und stieß mich sanft vorwärts.

Ich warf ihr einen verärgerten Blick zu und blieb wie angewurzelt stehen. „Auf gar keinen Fall."

Tabitha stöhnte. „Was ist mit der lustigen Sin passiert?"

Ich grinste. „Sie hat ihren Sein-Schwanz-ist-den-Ärger-nicht-wert-Detektor verfeinert. Bei diesem Kerl piept mein Detektor wie verrückt." Ich zwinkerte ihr zu. „Piep, piep, piep."

Tabitha lachte. „Du bist mir eine." Ihr Handy klingelte. „Wurde auch Zeit. Das ist Ram. Ich muss irgendwohin, wo ich ihn hören kann. Ich bin gleich wieder da." Sie ging los und hielt dann aber inne. „Und wenn ich zurückkomme, will ich alle pikanten Details über den Löwen erfahren. Und jetzt geh schon." Sie winkte zum Abschied und ging mit ihrem Handy am Ohr davon.

Ich drehte mich um und musterte ihn. Seine Augenbraue hob sich wieder, und meine eigene antwortete.

„Ach, scheiß drauf."

Ich schritt auf ihn zu, und als ich vor ihm stehenblieb, warf ich mein langes Haar über die Schulter und leckte mir über die Unterlippe. Plötzlich war ich mir seiner Gegenwart mehr als deutlich bewusst. Ich stellte mich vor ihn und sammelte meine Kräfte, bis die Bedrohlichkeit, die ihn wie ein Schleier umgab, mich nicht mehr einschüchterte. Ich zwang mich, meinen Blick über ihn schweifen zu lassen, und dann bemerkte ich es – das Tattoo des Allsehenden Auges an der Seite seines Halses.

Himmel. Ich stecke verdammt tief in der Scheiße.

„Was willst du?", fragte ich.

Unsere Blicke trafen sich. Er starrte mich so intensiv an, dass ich meinen Blick senken wollte, aber ich zwang mich, es nicht zu tun. Seine Augenbrauen hoben sich, und ich runzelte die Stirn. Er musterte mich vom Kopf, über meinen kurvigen Körper hinweg, bis zu meinen Zehenspitzen, und ihm schien zu gefallen, was er sah. Ich schluckte schwer und versuchte, mich unter seinem sinnlichen Blick nicht zu winden. Er hob sein Glas an seine wahnsinnig sexy Lippen und nippte an seinem Getränk. Meine Brüste kribbelten, und meine Nippel wurden steinhart.

Mein Gott, wer zum Teufel ist dieser Mann?

„Die Frage ist, ob du weißt, was *du* willst", antwortete er mit rauer Stimme. Seine Augen funkelten wie der Lichterglanz der Stadt.

Heilige Scheiße!

Ich musste meine Schenkel zusammenpressen, während sich mein Geschlecht vor Verlangen zusammenzog. In seinem Gesicht zuckte ein Muskel. Ich unterdrückte den Drang, die leichte, gezackte Narbe zu streicheln, die über seine Augenbraue verlief.

„Funktioniert dieser Spruch normalerweise bei Frauen?" Ich rollte mit den Augen.

Für einen Moment wirkte er belustigt, aber dann verschwand der Ausdruck wieder, und seine Augen blitzten auf. Ein paar Minuten lang starrten wir uns nur an.

„Sag du es mir." Seine Stimme war eiskalt.

Ungewissheit beschlich mich. „Ich kann es weder bestätigen noch verneinen." Ich hob meinen Kopf und weigerte mich, mich vor ihm zu ducken.

Er begutachtete mich, während ich darauf wartete, dass er etwas sagte.

„Das ist kein Kampf, Darling."

Sein tiefer Tonfall ließ mein Herz sofort höher schlagen, während sich auf meinen Armen eine Gänsehaut bildete. Seine Anziehungskraft faszinierte mich, sehr zu meinem Verdruss.

„Wenn es so wäre, hättest du nicht die geringste Chance zu gewinnen", fuhr er fort, ohne eine Spur von Wärme in seinen kalten Augen.

Irgendetwas an diesem Mann brachte mich dazu, seine unausgesprochene Herausforderung anzunehmen.

„Da bin ich anderer Meinung. Ich neige dazu, schmutzig zu kämpfen."

Seine Augen blitzten erneut. Da war kein Schalk, nur reiner Stahl. Sämtliche Nervenenden meines Körpers vibrierten.

„Wir kämpfen nicht miteinander, also kannst du dich entspannen. Ich habe nur eine schöne Frau gesehen und ihr einen Drink spendiert."

Seine tiefe, raue Stimme strich über meinen Körper, und die Vorstellung, wie er mir beim Vögeln verworfene Sachen zuflüsterte, ging mir durch den Kopf.

Verdammt!

Ich konnte mich von diesem arroganten Arsch nicht abwenden. Meine kreative Ader ließ es nicht zu. Er war ein Kunstwerk. Er war nicht klassisch gut aussehend oder ein Schönling. Er war jedoch auf eine schroffe und gefährliche Art sehr attraktiv. Seine Augen hatten die Farbe von Stahl, und ich war fasziniert davon, wie er mich beobachtete, als könne er meine Gedanken lesen. Und ich dachte an alle möglichen schmutzigen, verruchten Dinge, mit denen er sich sicher gut auskannte.

„Bist du zum ersten Mal hier im McKay?" Eine seiner dunklen Augenbrauen hob sich.

Die Feuchtigkeit in meinem Höschen ließ mich zusammenzucken. „Zum ersten und letzten Mal." Ich ignorierte meine Erregung und konzentrierte mich auf ihn.

„Nicht deine Art von Publikum?" Seine Mundwinkel zuckten vor unterdrückter Belustigung, aber die Regung war so schnell wieder verschwunden, wie sie gekommen war.

„Ich besuche keine Kink-Clubs. Ich mag es, wenn meine sexuellen Abenteuer ein wenig abgeschiedener vonstattengehen", erwiderte ich.

Er beugte sich vor und flüsterte mir ins Ohr: „Du hast keine Ahnung, was du verpasst, Darling."

Mein Mund öffnete sich bei seinen Worten. Meine Muschi krampfte sich so sehr zusammen, dass mir fast die Knie weich wurden. Das war nicht gut. Das ging weit über einen gewöhnlichen Flirt hinaus. Irgendetwas an ihm faszinierte mich, und ich konnte nicht erkennen, was es war.

„Scheiße", platzte ich heraus und kämpfte gegen den verrückten Impuls an, mich ihm zu Füßen zu werfen.

Er hob wieder seine verdammt schönen Augenbrauen,

und ich zwang mich, nicht auszuflippen angesichts des übermächtigen Sexappeals dieses Mannes.

Ein leises Lächeln umspielte seine Lippen. „Ist das eine Einladung, Darling?" Er nahm meine Hand, bevor ich ihn davon abhalten konnte, und dann drückte er seine rauen Lippen auf meine Finger. „Denn ich nehme die Einladung gerne an."

Als ich spürte, wie er in meine Haut biss, wurde mein Atem flach und unregelmäßig. Schnell zog ich meine Hand zurück. „Das war keine Einladung. Es war eine Feststellung." Ich hob mein fast leeres Glas an die Lippen und leerte es in einem kläglichen Versuch, mir Mut anzutrinken. Ich war entsetzt und angewidert, dass mein Körper auf diesen eingebildeten Bastard so stark reagierte.

Er starrte mich an wie eine Katze, die mit einer Maus spielt. „Lass mich dir noch einen bringen."

Mein Herz machte einen Sprung vor Panik. „Nein, kein Interesse", beeilte ich mich zu sagen. „Hör mal..." Ich hob eine Braue und wartete auf seinen Namen.

Er hob ebenfalls eine Augenbraue.

„Okay... Du gibst mir also einen Drink aus, weigerst dich aber, mir deinen Namen zu nennen?"

Er trat näher heran. Er war so nah, dass ich die verlockenden Duftnoten von Sandelholz, Zedern und reichhaltigem Amber aus seinem Parfüm riechen konnte. Seine Hand berührte leicht meine Hüfte, als wolle er mich als sein Eigentum kennzeichnen. Ich hätte mich zurückziehen sollen, aber ehrlich gesagt, konnte ich es nicht. Mein Verstand sagte mir, ich solle mich zusammenreißen, aber mein Körper rebellierte und wurde noch erregter.

„Mein Name ist bedeutungslos, da du zu viel Angst hast, etwas anderes als diesen Drink mit mir zu teilen." Als er sich vorbeugte, streiften seine Lippen absichtlich mein Ohrläppchen, während er flüsterte: „So eine Schande. Dabei hatte ich gerade angefangen, Spaß zu haben."

Er zog sich zurück und warf mir einen durchtriebenen, finsteren Blick zu, der über meine Haut streichelte und mich in Flammen setzte. Seine Arroganz hätte mich eigentlich ärgern sollen, aber ich konnte nur daran denken, wie sich seine groben Finger auf meiner nackten Haut anfühlen würden. Die Neugierde brachte Verstärkung zu meinem inneren Kampf.

„Ich schätze, das macht dich zum großen, bösen Wolf in diesem Club", stellte ich herausfordernd fest.

Er zuckte mit den Schultern. „Nein, ich bin nur ein Mann, der eine Frau erkennt, die von Männern gelangweilt ist, die ihr zu Füßen liegen." Er legte den Kopf schief. „Dein Geist und dein Körper sehnen sich nach einer Herausforderung. Du willst wissen, wie es sich anfühlt, vor einem Mann auf die Knie zu fallen." Er hob eine Augenbraue. „Hast du Lust auf ein Abenteuer, Darling?"

Wie gebannt beobachtete ich, wie er seine Hand ausstreckte.

Sein grober Finger glitt über meine Wange. „Willst du mit dem großen, bösen Wolf spielen?"

Meine Augenlider flatterten bei seinen Worten. Ich konnte mir fast vorstellen, wie ich zwischen seinen Schenkeln kniete und seine riesigen Hände sich um meinen Hinterkopf legten. Ich schluckte hart und riss mich vom Rande des Wahnsinns los. Dieser Mann war definitiv tabu für mich. Ich zog mich zurück und war entschlossen, etwas Abstand zwischen uns zu bringen.

„Ich bin nicht interessiert." Die Worte sprudelten nur so aus mir heraus.

Er strich mit dem Zeigefinger über meine Unterlippe. „In der Verleugnung liegt keine Stärke, Darling."

Mir blieb der Mund offen stehen, und dann strich meine Zunge über seine Fingerkuppe und schmeckte einen Hauch von Scotch und Zigarrenrauch.

„Braves Mädchen", sagte er träge und sah mich unter schweren Augenlidern heraus an.

Meine Angst stieg ins Unermessliche. Großer Gott, dieser Mann bringt mich dazu, dass ich mich ihm zu Füßen werfe.

Das würde allem widersprechen, was ich war – stark, machtvoll und verantwortungsbewusst. Ich riss meinen Kopf zurück, und meine Lippen schlossen sich, aber er packte mich fest am Kiefer.

„Beruhige dich. Lauf nicht vor dem weg, was dein Geist und dein Körper brauchen." Er legte seine Finger auf mein Kinn und streichelte es sanft, als würde er ein Baby trösten. Die Zärtlichkeit seiner Berührung stand im Widerspruch zur Eiseskälte in seinen Augen.

Meine Gedanken überschlugen sich. Ich räusperte mich und schluckte schwer. „Nimm deine Hand aus meinem Gesicht."

Es ärgerte mich, dass er mich so beiläufig, so besitzergreifend berührte. Er bat nicht um Erlaubnis. Er tat so, als gehöre ich tatsächlich ihm.

Sein leicht spöttisches Lächeln kehrte zurück, und er ließ seine Hand von meinem Gesicht fallen. Ich wusste, dass er losgelassen hatte, weil er es wollte, nicht, weil ich es verlangt hatte. Dieser Mann war anders als alle Männer, denen ich je begegnet war. Er brachte eine unterwürfige Seite in mir zum Vorschein, von der ich gar nicht wusste, dass ich sie hatte, aber ich hatte keinesfalls die Absicht, sie jemals zu erforschen. Ich musste gehen. Die Spielzeit war vorbei, und ich schnappte mir mein Spielzeug und ging nach Hause – allein.

„Nun, das war unterhaltsam, aber ich verzichte auf den Mist, den du mir auftischst."

Er nahm meine Hand mit einem herrischen Glanz in seinen Augen. Mein Atem stockte, als ich die warme Nässe zwischen meinen Schenkeln spürte.

„Wir sehen uns wieder, Darling." Er streichelte meine Handfläche mit seinen Fingern und belebte die glühende Verbindung zwischen unseren Körpern neu.

Meine Klitoris pochte vor Begierde. Seine hypnotisierende Berührung schürte die Flammen meiner Lust und hielt mich gefangen. Das dunkle, sinnliche Versprechen in seinen Augen ließ mich bis auf die Knochen erschauern. Er würde wahrlich nichts als Ärger bringen.

Ich blinzelte und zog meine Hand zurück. „Verlass dich nicht zu sehr darauf."

Ich trat um ihn herum und spürte seine Blicke überall auf meinem Körper, während ich mir einen Weg durch die Menge bahnte. Meine Hände zitterten, als wäre ich ein Junkie, der einen Schuss braucht, und der mysteriöse Mann war mein Heroin. Als ich den Club verließ, machte ich mir Vorwürfe, dass ich mich auf seine Spielchen eingelassen hatte.

Was für eine verdammte Zeitverschwendung.

Ich holte mein Handy heraus und wählte Tabitha an. „Hey, Tabi! Wo zum Teufel bist du?"

„In der Bar, auf der Suche nach dir. Wo bist du denn? Als ich zurückkam, waren du und der Löwe weg. Bitte sag mir, dass du beschlossen hast, ihn mit nach Hause zu nehmen."

Verzweifelt winkte ich ein Taxi heran. „Oh, verdammt, nein. Er war zu... alles. Hör zu, ich habe rasende Kopfschmerzen. Richte Mr. Steele aus, dass es mir leidtut." Ich sprang in das Taxi und gab dem Fahrer meine Adresse.

Tabitha atmete hörbar aus. „Nicht nötig. Er hat es nicht geschafft. Geh einfach nach Hause, und wir vereinbaren einen neuen Termin."

„Bis später."

Ich steckte mein Handy in die Tasche und beobachtete den Lichterwirbel, als das Taxi durch die Stadt raste. Endlich näherte ich mich der von Bäumen gesäumten Straße, in der mein Stadthaus lag. Ich hatte es gekauft, als die Preise noch tief waren, bevor sie in dem aufstrebenden Viertel in Manhattan zu steigen drohten. Es lag nur wenige Schritte vom Central Park entfernt, und ich wartete kaum ab, dass der Fahrer anhielt, bevor ich ihm das Geld zuwarf und ausstieg. Ich rannte die Treppe hinauf, hielt abrupt inne und brach in kalten Schweiß aus, als ich eine Vase mit langstieligen weißen Rosen vor meiner Tür stehen sah.

„Oh Gott. Jetzt geht die Scheiße erst richtig los." Ich zog die Karte heraus und las sie laut vor. „J."

Oh, verdammt, nein!

Ich schnappte mir die Vase, stapfte die Treppe hinunter und warf sie in einen Mülleimer. Ich biss die Zähne zusammen und versuchte, nicht in Panik zu geraten, als ich die Treppe wieder hinaufging und mein Haus betrat.

Wie zum Teufel hat Jaxon mich gefunden?

Mein Körper zitterte vor Abscheu, als ich mich daran erinnerte, wie die ganze Sache außer Kontrolle geraten war, nachdem er in Jades Wohnung eingebrochen war und die Rose und meine Unterwäsche auf meinem Bett zurückgelassen hatte.

Ich hatte quälend lange Monate mit riesigen, kunstvoll gestalteten Vasen voller weißer Rosen ertragen müssen, die

mir jeden Tag geliefert wurden, mit einem einzigen gruse-
ligen Satz, der auf jede Karte gekritzelt war: *Ich liebe dich. J.*

Sogar jetzt noch wurde mir beim bloßen Duft von Rosen
speiübel.

Als die Rosenlieferung auf mysteriöse Weise aufgehört
hatte, dachte ich, der Wahnsinn sei vorbei, aber natürlich
hatte ich mich geirrt. Er hatte gerade erst begonnen. Jaxon
tauchte auf jeder Party auf, die ich besuchte, und verjagte
jeden Mann, der versuchte, mich auch nur anzusprechen.
Als ich ihn zur Rede stellte und ihm sagte, er solle mich in
Ruhe lassen, schien ihn das nur leicht zu verärgern.

Paranoid, dass er im Schatten lauerte und nur darauf
wartete, mir wehzutun, hatte ich mich in meiner Wohnung
eingeschlossen und mich nur zur Arbeit hinausgewagt.
Nachdem Wochen und Monate ohne Zwischenfälle
vergangen waren, hatte ich aufgeatmet. Ich hatte geglaubt,
meine Welt sei wieder sicher – bis sie vollständig zusammengebrochen war.

Ich versuchte, das allzu vertraute Grauen zu bekämpfen,
das mir in die Knochen sickerte. Die Erinnerungen hielten
an. Die Angst blieb. Nichts konnte diesen Tag aus meinem
Gedächtnis streichen.

Der Tag, an dem Jaxon mich gepackt und in eine dunkle
Gasse gezerrt hatte, mit einem Messer an meiner Kehle. Er
faselte unentwegt etwas von Liebe, während er mir mit
kranker Lust in den Augen brutal die Kleider vom Leib riss.
In diesem Moment der totalen Aussichtslosigkeit erkannte
ich an seinem wahnsinnigen Blick, dass er tatsächlich
glaubte, mich zu besitzen. Ein bitterer Geschmack überzog
meine Zunge, als mir klar wurde, dass ich für ihn nichts
weiter als ein Objekt war, sein Besitz, den er so lange bean-
spruchen wollte, bis ich zerbrach.

Tränen liefen mir über das Gesicht, als ich mich auf die bevorstehende Gewalt vorbereitete. Zitternd lag ich auf dem kalten Boden und wandte den Kopf ab, um mich nicht zu erinnern. Ich hatte gewusst, dass ich nach diesem Tag nie wieder dieselbe sein würde. Aber als ein einsamer Obdachloser über uns stolperte, wurde mir ein Rettungsanker zugeworfen. Allerdings wusste ich, dass Jaxon noch nicht mit mir fertig war – das war nur eine kurze Atempause. Blinde Wut vernebelte Jaxons Augen, bevor er mir gegen die Schulter schlug.

Sein Blick war abschätzig und hart. „Vergiss nie, du wirst immer mir gehören", hatte er gezischt, bevor er sich in aller Seelenruhe entfernt hatte.

Meine Gedanken kehrten in die Gegenwart zurück, während ich mir über die blasse Narbe rieb. „Vergiss es nie", flüsterte ich und kämpfte gegen die kalte Angst an, die mir den Rücken hinunterlief.

Jaxon war zurück, um einzufordern, was seiner Meinung nach ihm gehörte – mich. Ich war bereit zu kämpfen, als ob mein Leben davon abhinge. Denn das tat es auch.

KAPITEL 5
SINTHIA

Ich nippte an meinem Kaffee und fühlte mich beschissen. Ich hatte mich die ganze Nacht schlaflos im Bett hin und her gewälzt. Meine Gedanken waren völlig durcheinander – zum einen beunruhigte mich Jaxons Rückkehr, zum anderen nahm mich die sinnliche Begegnung mit dem geheimnisvollen Mann von letzter Nacht gefangen. Das Einzige, was den Wahnsinn vertrieb, war die Lektüre des Zeitungsartikels vor mir.

Erste Seite! Sie haben mich auf die erste Seite gesetzt.

Ich konnte noch immer nicht fassen, dass ich die Frau war, die auf dem Foto lächelte und Stücke aus ihrer kommenden Modekollektion präsentierte. Ich war noch ganz aufgeregt, weil ich von der berühmtesten Zeitung in New York City interviewt worden war, als meine Gedankengänge von meinem klingelnden Handy unterbrochen wurden.

„Was gibt's, Cisco?"

„Hallo, Sin, Baby! Gratuliere zum Artikel. Das Telefon

hat den ganzen Morgen pausenlos geklingelt. Wir haben viele neue Kunden für heute gebucht", verkündete er ganz sachlich.

Ich liebte Cisco, das tat ich wirklich, aber er war eine aufdringliche Nervensäge. Unsere Freundschaft funktionierte gut, aber unsere geschäftliche Beziehung ließ sehr zu wünschen übrig.

„Cisco, wie oft habe ich dich gebeten, keine Kunden zu buchen, ohne vorher mit mir zu sprechen?"

Ich konnte mir den entzückenden Schmollmund auf seinem Gesicht vorstellen, als er erwiderte: „Was sollte ich denn tun? Sie wollten unbedingt einen persönlichen Termin mit dir, und ich habe sie gebucht."

Ich seufzte schwer und schwankte gedanklich zwischen den anstrengenden Aufgaben, Einzelstücke für meine Privatkunden zu entwerfen und meine Kollektion fertigzustellen.

Ich war Cisco dankbar, dass er mir die Möglichkeit gab, meine Kleidung in seiner Boutique zu verkaufen. So konnte ich meine kultische Anhängerschaft reicher Frauen pflegen, die bereits alles hatten. Einschließlich der Laufstegköniginnen und Jade, meiner hauseigenen Muse, die alle keine Skrupel hatten, für meine ausgefallene Kleidung Geld auszugeben. Meine Kundinnen sorgten dafür, dass ich gut verdiente und unbeschwert leben konnte, aber meine unvollendete Kollektion war ein weiterer Schritt zur Erfüllung meines Traums. Und die Verwirklichung meines Traumes war beinahe zum Greifen nah.

„Und es hat nichts damit zu tun, dass du von jedem neuen Kunden eine saftige Provision bekommst, oder?" Ich wusste, dass ich mürrisch klang, aber ich konnte mit dem Ansturm neuer Kunden nicht mithalten und mich gleichzeitig meiner Kollektion widmen. Irgendetwas musste ich tun. „Sag alle Termine ab, und buch keine neuen, bis ich es dir sage."

„Komm schon, Sin", jammerte er. „Ich brauche mehr Artikel. Ich hab schon fast nichts mehr auf Lager." Er schnaufte. „Außerdem musst du sowieso herkommen. Cate will ein paar Designänderungen an ihrem Hochzeitskleid besprechen."

Ich rollte mit den Augen. „Schon wieder?"

Die Zusage, ein Hochzeitskleid für Cate, Jades Tante, zu entwerfen, war ein verdammt großer Fehler gewesen, aber ich hatte mich wegen meiner Freundschaft zu Jade dazu überreden lassen.

„Cisco, ich kann nicht. Ich muss meine Kollektion fertigstellen."

„Du kennst sie. Was Cate will, bekommt Cate", antwortete Cisco trocken.

Traurigerweise war das die Wahrheit. Cate Bellisario war das mächtigste Mitglied der Bellisario-Familie. Sie war schön, reich, hinterhältig und gelangweilt. Derzeit nutzte sie ihren Status in der New Yorker Elite, um ihren Verlobten Bigsby Calhoune, einen reichen Schifffahrtsreeder, zum nächsten Bürgermeister von New York City zu machen.

Als Cate verkündete, dass sie in einem Kleid von Sin Michaels vor den Altar treten wollte, war das für mich nicht gerade ein Grund zum Jubeln. Wie ein Uhrwerk tauchte Cate jede Woche unangemeldet bei mir zu Hause auf, um über ihr Hochzeitskleid zu sprechen. Mit der Zeit wurden diese Besuche zu unaufgeforderten geschäftlichen Beratungen, und sie empfahl mir sogar, Bigsby zu fragen, ob er in mein „kleines Modegeschäft" investieren wolle. Ich lehnte höflich ab. Ihr aalglatter Verlobter war mir, gelinde gesagt, sehr unangenehm.

„Cisco, sag einfach den Termin ab." Es läutete an meiner Tür. „Hör zu, ich muss los. Ich ruf dich später an."

Ich tapste zur Tür und wusste genau, wer es war. Als ich die Tür öffnete, sah ich Jade, die aufgeregt mit der Zeitung wedelnd auf und ab hüpfte.

„Meine Sin steht in der Zeitung!", quietschte sie und zog mich in eine feste Umarmung.

Ich trat mit einem wackeligen Lächeln zurück, während wir uns die Freudentränen wegwischten. „Oh, werde bloß nicht so emotional, du Schauspielerin."

Jade schmollte spielerisch. „Ich kann es nicht ändern. Meine beste Freundin ist auf der Titelseite einer größten New Yorker Zeitung."

„Ja, zur Abwechslung sieht man mal nicht *dein* Gesicht im Feuilleton."

Für Jade war es ein erfolgreiches Jahr gewesen. Sie war heiß begehrt und spielte die Hauptrolle in einer brandneuen Fernsehserie. Ganz zu schweigen davon, dass sie in diesem Jahr die Hauptrolle in drei Filmen gespielt hatte. Ich war so stolz auf sie.

Ich zog sie hinein und schloss die Tür hinter ihr. „Was machst du überhaupt hier? Ich dachte, du würdest immer noch diese schwierige Szene drehen, über die du dich gestern Abend so aufgeregt hast."

Sie lächelte. „Nö. Ich hab wie so oft alles perfekt hinge-kriegt, und wir haben früh Schluss gemacht."

Ich ging zum Küchentisch, nahm meine Tasse in die Hand und trank einen Schluck Kaffee. „Bescheiden wie immer", antwortete ich und grinste.

Jade verdrehte spielerisch die Augen. „Was? Ich bin der

Star dieser verdammten Show, und ich werde sie das nie vergessen lassen."

„Aha." Ich nahm einen weiteren Schluck Kaffee. „Nimm dir ruhig einen."

Sie schüttelte den Kopf. „Kein Kaffee. Wir gehen heute Abend aus und feiern. Zuerst essen wir zu Abend, und dann gehen wir in die Shisha-Bar."

Ich deutete auf die Stoffreste, die in meinem Haus, das auch als mein Arbeitsplatz diente, verstreut herumlagen. „Ich kann nicht. Ich muss arbeiten."

Jade rümpfte die Nase. „Arbeit, Arbeit – das ist alles, was du jetzt machst. Ich mache mir Sorgen um dich. Du musst dich ausruhen, sonst gehst du noch drauf."

Ich wackelte mit den Augenbrauen. „Unkraut vergeht nicht."

Jade runzelte die Stirn. „Ich mache keine Witze, Sin. Du bist auf bestem Weg zu einem riesigen Burnout."

Ich hob kapitulierend meine Hände. „Okay. Sobald ich meine Kollektion auf den Markt gebracht habe, mache ich eine Pause. Ich verspreche es."

„Schwachsinn. Du bist besessen davon, diese überhebliche Schlampe Tabitha zu beeindrucken, und sie ist darauf fixiert, dich, ihren Schützling, in den Schatten zu stellen." Jade stemmte die Hände in die Hüften. „Ich traue ihr nicht über den Weg."

Ich rollte mit den Augen. „Das hast du vom ersten Tag an mehr als deutlich gemacht." Ich lehnte mich über den Tresen und drückte meine Stirn gegen den kühlen Granit, weil ich spürte, dass meine Migräne näher rückte.

Es war anstrengend, mir Jades und Tabithas gegenseitige abfällige Bemerkungen anzuhören, und noch anstrengender war es, sie voneinander fernzuhalten. Jade hasste Tabithas bissige Persönlichkeit, und Tabitha verübelte Jade ihren privilegierten Lebensstil. Ich steckte mitten in einem sinnlosen Streit.

Warum können sie nicht einfach miteinander auskommen?

Jade trommelte mit ihren manikürten Nägeln auf die Arbeitsplatte. „Und du bist ein sturer Esel, der sich weigert, zuzuhören. Ich habe gesehen, wie sie dich ansieht. Es ist unheimlich, wie in *Das Schweigen der Lämmer*. Es ist, als ob sie dir die Haut vom Leib reißen und sie wie einen verdammten Pelzmantel tragen möchte."

Ich riss meinen Kopf hoch und weigerte mich, über ihren Witz zu lachen. „Das ist doch gar nicht der wahre Grund, Jade."

„Okay, reden wir über den geheimnisvollen Investor, den sie dir vermittelt hat. Wie ist das Treffen gestern Abend gelaufen?"

Ich hielt inne. *Verdammt! Jetzt hat sie mich erwischt.* „Du hast die Wette gewonnen. Er ist nicht aufgetaucht. Er hatte eine dringende Besprechung."

Sie sah mich süffisant an. „Aha. Lass uns zuerst kurz klären, was ich dafür bekomme, dass ich unsere Wette gewonnen habe." Sie wankte zu den Kleiderständern und zog das Lederkleid heraus, das ich gestern Abend getragen hatte. „Ich nehme das in Creme. Mach es eng. Ich habe nächste Woche eine Filmpremiere, und da muss ich verdammt heiß aussehen." Sie zwinkerte mir zu. „Oh, und du kommst mit. Zieh dir gern ein sexy Outfit an."

Ich rollte mit den Augen. „Sonst noch etwas, Königin Jade?"

„Ja." Ihre Augen verengten sich. „Das mit dem Treffen gestern Abend ist Blödsinn. Entweder ist Tabitha eine verdammte Lügnerin, oder dieser Investor ist ein zwielichtiger Scheißkerl. Vielleicht auch beides."

Ich ballte die Fäuste. Ich wusste genau, worauf sie hinauswollte, und das gefiel mir nicht. „Was willst du von mir hören, Jade? Geld und Familie passen nun mal nicht zusammen, also kann ich kein Geld von dir annehmen."

Jade verschränkte die Arme. „Kannst du nicht oder willst du nicht?"

„Will ich nicht. Ich weiß, es wäre ein Kredit gewesen, aber es fühlt sich einfach nicht richtig an." Ich hielt inne, rang nach Worten. „Du warst immer an meiner Seite, während meines ganzen verkorksten Lebens. Ich liebe dich dafür und dafür, dass du... nun ja, du bist. Ich weiß nicht, wo ich wäre, wenn ich dich nicht in meinem Leben hätte und du mir in den Arsch getreten hättest, als ich aufgeben wollte. Aber ganz egal: Ich musste dieses Projekt selbst in die Hand nehmen." Ich biss mir auf die Unterlippe. „Verstehst du das denn nicht?"

Jade seufzte schwer, bevor sie zu mir trat und meine Hände ergriff. „Ich verstehe mehr als du denkst. Du bist eine starke Frau, Sin. Wäre ich nicht da gewesen, hättest du trotzdem überlebt." Tränen liefen ihr über die Wangen. „Das kann ich von mir nicht behaupten. Du bist mein Anker. Ich wäre nicht einmal hier, wenn du an jenem Tag nicht in diese Toilette gekommen wärst."

Ich schniefte. „Scheiße, jetzt bringst du mich zum Heulen."

Vor diesem schicksalhaften Tag hatte ich nicht an Vorsehung geglaubt und auch nicht an den blöden Spruch: „Alles geschieht aus einem bestimmten Grund." Dann betrat ich die Toilette unserer High School und sah ein Mädchen, Jade, auf dem Boden liegen, mit einer Nadel im Unterarm. Der

Sanitäter hatte gesagt, ich hätte ihr das Leben gerettet. Von diesem Tag an wurden wir Freundinnen, die durch Tragödien und Schicksal miteinander verbunden waren. Wir trieben uns gegenseitig an. Unsere Freundschaft vertiefte sich und schuf eine perfekte Synergie, wie ich sie bisher in keiner anderen Beziehung erlebt habe. Wir waren ein unzerstörbares Team, das zueinander hielt, egal welche Steine uns das Leben in den Weg legte.

„Es ist kein Geheimnis, dass ich ein Drogenproblem hatte", meinte Jade. „Du hast mich aus der Hölle geholt, als die Drogen mich fast besiegt hätten. Ich wäre fast gestorben, aber du hast mich gerettet. Du bist nicht meine beste Freundin, Sin. Du bist meine Schwester, und was mein ist, ist auch dein. So ist es und nicht anders."

Ich zog sie spielerisch an den Haaren. „Warum kann ich nicht wütend auf dich sein?"

Sie schenkte mir ein strahlendes Lächeln. „Weil ich bezaubernd und schön bin." Sie umarmte mich kurz, bevor sie sich doch noch einen Kaffee einschenkte. „Erzähl mir, was gestern Abend im McKay Club sonst noch passiert ist. Hast du irgendetwas Unanständiges gesehen, das ich auf meine To-Do-Liste der Sexstellungen setzen kann?"

Ich schnaubte. „Als ob du dabei Hilfe bräuchtest."

Sie zwinkerte. „Ich bin sehr wissbegierig."

„Nein. Ich wurde nicht in die Erwachsenenabteilung eingeladen." Abwesend rieb ich die Narbe an meiner Schulter. „Aber es ist etwas Seltsames passiert, als ich nach Hause kam. Ich glaube, Jaxon ist zurück."

Jades Augen weiteten sich. „Ich, oh... Scheiße. Das ist übel." Sie fummelte an ihrer Tasse herum und ließ sich auf einen Hocker plumpsen. „Warum glaubst du, dass er zurück ist?"

„Ich kam nach Hause und fand vor meiner Tür eine Vase mit weißen Rosen und einen Zettel, auf dem der Buchstabe *J* stand.“

Jade lehnte sich vor. „Ich kann nicht glauben, dass dieser Bastard dir wieder nachstellt. Du musst zur Polizei gehen.“

„Er ist vorsichtig und hinterhältig. Selbst wenn ich zur Polizei ginge, was zum Teufel sollte ich sagen?“ Ich hob eine Braue. „Eine Vase mit Rosen auf meiner Türschwelle ist kaum eine Rechtfertigung für eine Anzeige.“ Ich seufzte. „Nein, ich muss warten, bis er einen Fehler macht.“

„Du solltest bei mir einziehen.“ Jades Kiefer spannte sich an.

„Ich kann auf mich selbst aufpassen, Jade. Scheiße, ich habe sechsundzwanzig Jahre lang meinen Job darin verdammt gut gemacht.“

Jade packte mich am Arm. „Reg dich nicht so auf. Ich mache mir nur Sorgen.“

Ich drückte sanft ihre Hand. „Ich weiß. Ich komme schon klar, versprochen.“

Ich starrte ins Leere und kämpfte gegen den Drang an, die Sicherheit meines Hauses nie wieder zu verlassen, aber ich war schon zu weit gekommen, um das jemals wieder zuzulassen. Jetzt lief endlich alles nach meinen Vorstellungen. Es war ein harter Weg zum Erfolg gewesen, aber endlich hatte ich den Schmerz meiner Vergangenheit hinter mich gelassen. Ich war nicht mehr das gebrochene Mädchen von damals. Ich war stark und hatte alles unter Kontrolle, und ich weigerte mich, Jaxon gewinnen zu lassen.

KAPITEL 6
SINTHIA

Nachdem ich Jade endlich rausgeschmissen hatte, damit ich meinen Arbeitstag beginnen konnte, überprüfte ich meine E-Mails und setzte mich mit möglichen Käufern und Händlern in Verbindung. Normalerweise verbrachte ich in der Anfangsphase meiner Kollektion den größten Teil meines Tages mit der Designarbeit und schloss mich für mindestens zwei Wochen ein, um mich auf das Zeichnen und das Sortieren meiner Ideen zu konzentrieren. Aber dieses Mal war die Entwurfsarbeit bereits abgeschlossen, und ich begann mit der Arbeit am Kleid, das Jade bei ihrer bevorstehenden Gala tragen würde. Die Premiere meines Kleides würde die Modesüchtigen dazu bringen, auf die Lancierung meiner Kollektion hinzufiebern, und ich konnte es kaum erwarten.

Ich saß auf der Armlehne meiner Couch und starrte auf die ersten Stücke der Sin-Michaels-Kollektion, die in den Räumen meines 370 Quadratmeter großen Stadthauses an Kleiderständern hingen. Ich atmete frustriert aus. Es würde ein anstrengender Tag werden, an dem ich an Modellen und Schnittmustern arbeiten würde.

Mein Handy vibrierte wegen einer SMS von Cate.

Wir müssen uns treffen. Ich habe Designänderungen. Ruf mich an!

Ich starrte es an und wollte ihr mit zwei Worten antworten: *Verpiss dich.*

Ich schaute auf mein Skizzenbuch, das auf dem Couchtisch lag, und starrte auf das Hochzeitskleid, das ich für sie entworfen hatte.

Sie kann mich am Arsch lecken.

Ich hatte nicht vor, noch etwas zu ändern.

Mein Temperament war kurz davor, mit mir durchzugehen. Ich hatte zu viel zu tun und zu wenig Zeit, um mich von ihr aus dem Konzept bringen zu lassen.

Ich überlegte, ob ich Giselle anrufen sollte, meine gesprächige Praktikantin, die mir die meiste Zeit half, aber dann entschied ich mich dagegen. Ich war bereits in einer ziemlich beschissenen Stimmung, und ich musste allein arbeiten. Ich legte Musik auf und tanzte zu meinem Arbeitsplatz, bereit, den Tag rockend in Angriff zu nehmen, als mein Handy klingelte. Ich starrte auf die Nummer, die ich nicht kannte. Es muss ein neuer Kunde sein, der mir von Cisco empfohlen wurde.

„Sin Michaels", zwitscherte ich ins Telefon.

„Hallo, Ms. Michaels. Hier ist Ram Steele. Es tut mir leid, dass wir uns gestern Abend nicht treffen konnten." Seine Stimme war sanft und leicht.

Ich fummelte am Telefon herum. „Moment." Ich lief zu meinem Tablet und schaltete die Musik aus. „Hallo, Mr. Steele. Ich bin froh, dass Sie anrufen." Ich ging zurück zu meinem Arbeitsplatz und wischte meine inzwischen verschwitzte Handfläche an meiner Jeans ab. „Ich wollte mit Ihnen sprechen. Ich bin mir nicht sicher, was Ihre Bedenken sind, aber ich versichere Ihnen, dass es der Sin Michaels Corporation gut geht – nun, mehr als gut.“ Ich räusperte mich. „Haben Sie die heutige Zeitung gelesen? Meiner neuen Kollektion wurde ein ganzer Artikel gewidmet.“

„Ja, das haben wir“, erklärte er kühl. „Aber wir haben dennoch einige große Bedenken, die uns davon abhalten, Ihnen das zusätzliche Geld zu geben, um das Sie gebeten haben.“

Verdammt. Noch. Mal.

Mein Herz krampfte sich zusammen. Ohne dieses Geld war ich aufgeschmissen. Ich hatte teure Stoffe mit einem speziellen Druck bei einer Fabrik in Asien bestellt. Eine verspätete Zahlung könnte bedeuten, dass der Stoff nicht rechtzeitig eintreffen würde und meine gesamte Produktion zum Stillstand käme.

Mir drehte sich der Magen um.

„Was für Bedenken denn?“, krächzte ich.

„Geschäftsangelegenheiten, die persönlich besprochen werden sollten“, erklärte er ruhig.

Meine Finger krallten sich um die Kante meines Nähtisches. „Mr. Steele, darf ich ganz offen sein?“ Ich versuchte, mich zu beruhigen, aber je mehr ich über die Auswirkungen seiner vernichtenden Ankündigung nachdachte, desto wütender wurde ich.

„Ich bitte Sie darum.“

„Das ist doch Blödsinn.“ Ich schritt auf und ab. „Sie haben mir zwei Millionen Dollar gegeben, und gemäß unserer Vereinbarung haben Sie sich verpflichtet, mir innerhalb von sechs Monaten eine weitere Million zu geben.“

„Frau Michaels, haben Sie den Vertrag wirklich gelesen?“

Er hielt inne. „Denn dann wüssten Sie, dass er eine Klausel enthält, die uns nicht nur das Recht gibt, unsere zwei Millionen Dollar mit Zinsen zurückzufordern, sondern auch, den Vertrag jederzeit zu kündigen."

Ich hätte fast meine Zunge verschluckt.

Oh, verdammt, nein!

„Wollen Sie mich verarschen? Was in aller Welt bringt Sie dazu, so eine dumme Scheiße zu bauen? Wir hatten eine Abmachung." Ich wollte auf keinen Fall aufgeben, ohne für meinen Traum zu kämpfen. Ich brauchte dieses verdammte Geld.

„Ich respektiere Ihre Offenheit, Ms. Michaels." Seine Stimme war leise und gleichmütig, fast freundlich. „Aber das ändert nichts an der Tatsache, dass wir unsere Bedenken persönlich besprechen müssen. Wir werden uns heute um drei Uhr treffen. Bitte notieren Sie sich diese Adresse."

Mit zittrigen Fingern kritzelte ich die Adresse auf ein Stück Papier. „Ich bin um Punkt drei Uhr da."

Ich legte auf und rief sofort Tabitha an.

„Dies ist der Anschluss von Tabitha Thorp. Ich bin in einer kreativen Auszeit. Bitte hinterlassen Sie eine Nachricht, und ich rufe Sie zurück, sobald ich wieder im Büro bin."

Ich starrte auf das Telefon. Kreative Auszeit? Was. Zum. Teufel?

Ich kannte sie seit Jahren, und sie hatte sich nicht ein einziges Mal eine Auszeit genommen.

Verdammt nochmal!

Ich wusste nicht, was los war, aber ich hatte das Gefühl, dass man mich von vorne bis hinten verarscht hatte. Ich stieß ein frustriertes Knurren aus und wischte mit einem Schwung alles von meinem Tisch.

KAPITEL 7
CORE

Ich riss den Kopf hoch, als sich meine Bürotür öffnete und Ram, mein Geschäftspartner, hereinkam, bevor er die Tür mit einem nachdrücklichen Klicken hinter sich schloss.

„Das war das Beschissenste, was du je von mir verlangt hast", knurrte Ram.

Ich hob eine Braue. „Von wegen." Ich schob den Vertrag auf meinem Schreibtisch beiseite und wartete auf den sich zusammenbrauenden Ausbruch, von dem ich wusste, dass er Ram auf der Zunge lag.

„Okay, nicht das Beschissenste, aber verdammt nah dran." Ram setzte sich und fuhr sich mit der Hand über den Kopf. „Ich versteh's immer noch nicht." Er hielt inne. „Was zum Teufel soll diese Sinthia-Michaels-Scheiße?"

Ich schwieg ein paar Minuten lang und versuchte, nicht die Geduld zu verlieren. Niemand in der McKay-Organisation außer Ram würde es wagen, so mit mir zu sprechen. Aber unsere jahrelange Beziehung als Freunde und Geschäftspartner hatte ihm dieses Recht verliehen.

Ram legte seine Füße auf meinen Schreibtisch. „Schau mich nicht so an, Mann. Ich will es wissen. Was zum Teufel hat dich dazu gebracht, einer Modedesignerin zwei Millionen Dollar zu geben?"

Ich lehnte mich in meinem Stuhl zurück. „Du solltest mich inzwischen kennen. Ich verschenke nichts. Ich habe zwei Millionen Dollar investiert", schnauzte ich.

Ram spottete. „Nun, du hast einen Haufen Geld in ein Bekleidungsgeschäft investiert, und ich bin mir ziemlich sicher, dass das eine blöde Entscheidung war. Diese Muschi muss es wohl wert sein."

Ich zuckte mit den Schultern. „Scheiß auf die zwei Millionen. So viel gebe ich für den Unterhalt meines Hauses in Südfrankreich aus. Das Geld ist nichts im Vergleich zu dem, was ich gewinne, wenn sich meine Vermutung als richtig herausstellt."

Ich war immer noch erstaunt darüber, wie ich es so weit gebracht hatte, von einem kriminellen Schläger zu einem seriösen Geschäftsmann zu werden. Jetzt war ich mächtig und reich und konnte Millionen in ein Unternehmen investieren, von dem ich glaubte, dass es mir Gewinn einbringen würde.

„Das ist Blödsinn, Core. Du hast in ein Geschäft investiert, das dir scheißegal ist. Warum?"

Mein Temperament entbrannte. „Du überschreitest die Grenzen unserer Freundschaft, Ram."

Ram lehnte sich vor. „Als ob mich das interessieren würde. Wir sind eine Familie, und in einer Familie stellt man sich Fragen."

Ich schloss irritiert die Augen, bevor ich sie wieder öffnete. „Ich habe ihn endlich gefunden – Bigsby Calhoune, das ist der Mann, nach dem wir seit Jahren suchen. Er war direkt vor unserer Nase."

Ram atmete kurz ein. „Bigsby Calhoune? Der Mann, der als Bürgermeister kandidiert? Wie kommst du zu diesem verdammten Schluss?" Er blinzelte wiederholt und machte große Augen.

„Erinnerst du dich an die Wohltätigkeitsveranstaltung, an der du nicht teilnehmen konntest?", fragte ich in einem scharfen Ton.

KAPITEL 8
CORE

Manhattan. Einige Abende zuvor.

Flankiert von meinen Männern – die meine Feinde verprügelten und meine Geschäftspartner in Schach hielten –, den Brüdern Max und Rocco, stieg ich aus meinem Luxuswagen.

„Wartet hier", wies ich sie an. „In fünfzehn Minuten bin ich wieder da."

Normalerweise mischte ich mich nicht unter die New Yorker Elite und ließ mich schon gar nicht auf politischen Benefizveranstaltungen blicken. Ich hatte die Einladung für den heutigen Abend nur aus Höflichkeit gegenüber Mitch Fillion angenommen. Mitch war eingesprungen und hatte mir bei einer komplizierten und umstrittenen Firmenübernahme, die zu scheitern drohte, juristischen Beistand geleistet. Dabei hatte er sich als wertvoller und rücksichtsloser erwiesen, als ich erwartet hatte. Ich musste mich mit Männern wie Mitch – die sich nur für Geld, Macht und Status interessierten – gutstellen.

Ich beobachtete, wie sich die verrückte Szene vor mir abspielte. Die New Yorker Elite strömte auf die Straße und schlenderte zu dem nur für geladene Gäste zugänglichen Abendessen für fünfzig Riesen pro Gedeck, das von Mitch zu Ehren seines neuesten Lieblingsprojekts, des Bürgermeisterkandidaten Bigsby Calhoune, veranstaltet wurde.

Ich rückte meine Fliege zurecht und schritt selbstbewusst an der hektischen Traube Paparazzi vorbei, die mich zugunsten der Prominenten ignorierten, welche vor den blitzenden Kameras posierten. Ich hasste die Presse. Anders als die meisten Männer mit meinem Reichtum und meiner Macht, die sich zu den Medien hingezogen fühlten, mied ich sie wie die Pest und lebte mein Leben in Anonymität.

Ich wartete ungeduldig, während ein Sicherheitsbeamter mit weißen Handschuhen höflich meinen Körper mit einem Metalldetektor abtastete. Als ich durch die riesige Tür eintrat, wurde ich sofort in den Raum geführt – ein großer, moderner Saal mit hohen Säulen und Granitfußboden. Die private, formelle Politparty war in vollem Gange. Männer im Smoking führten ihre diamantenbesetzten Damen wie Armschmuck durch die Menge.

Ich fügte mich nahtlos in die Schar ausländischer Würdenträger, Geschäftsleute und Prominenter ein, ging zur Bar, bestellte einen Drink und nahm die hochkarätige Mischung aus neuem Erdöl-Geld und altem europäischen Reichtum in mich auf, bevor mir der Barkeeper ein Glas Scotch reichte. Die zigarrenrauchenden Männer unterhielten sich über Geschäfte, während ihre hübschen Lieblinge des

Monats mit ausdruckslosen Gesichtern dem Geschehen zusahen und lässig ein Glas Champagner oder ein Canapé von den vorbeigehenden Kellnern entgegennahmen.

Glitzernde, schlanke Frauen mit auffallend glatt geformten Gesichtern lächelten mich aufreizend an, während sie mich umkreisten in der Hoffnung, Ehemann Nummer zwei oder drei zu ergattern. Mein Blick glitt desinteressiert über sie hinweg. Sie sahen aus wie die meisten Frauen, die ich im Laufe der Jahre gevögelt hatte, als ich mich vom Verbrecher-Boss zum seriösen Geschäftsmogul hinaufgearbeitet hatte. Abgesehen von ihren operativ vergrößerten Brüsten, hatten sie alle harte Körper, die sie stundenlang im Fitnessstudio mit ihren Personal Trainern stählten.

Ich war von der Auswahl gelangweilt.

Ich nippte an meinem Scotch und ignorierte sie. Bis jetzt war mir nicht aufgefallen, dass ich schon lange keine Frau mehr gevögelt hatte, die auch nur annähernd wie eine echte Frau aussah. Trotz einer Reihe von Geliebten und geschäftlichen Erfolgen im Laufe der Jahre vermisste ich etwas aus meiner Zeit als rücksichtsloser Anführer des größten Verbrecherimperiums in New York – eine Frau mit weichen Kurven, hübschem, alltäglichen Aussehen und einer frechen Persönlichkeit, die sich nicht unterkriegen ließ. Vielleicht war es an der Zeit für eine Veränderung, aber eine solche Frau zu finden, die meinen ausgeprägten und dunklen sexuellen Vorlieben entsprach, wäre fast unmöglich.

Meine Gedanken wurden durch Mitchs laute, begeisterte Vorstellung des gut zusammenpassenden, schönen Paares – Cate Bellisario und Bigsby Calhoune – gegenüber einem Gast unterbrochen. Gelangweilt beobachtete ich, wie Bigsby die Hand des Gastes mit einer übertriebenen Geste schüttelte.

Mein Körper spannte sich an.

Ich erkannte das unverwechselbare Glitzern von Diamanten und Rubinen an Bigsbys Mittelfinger.

Die Adern voller Adrenalin stieß ich mich von der Bar ab und ging gemächlich durch die Menge auf die drei zu. Die wandelnden Gäste versperrten mir die Sicht auf Mitch und das Paar, aber ich fand sie schnell wieder und schritt selbstbewusst auf sie zu.

„Core." Mitch lächelte breit, als er mir die Hand schüttelte. „Ich bin froh, dass du es heute Abend geschafft hast."

Bigsbys Augen verengten sich, als er das Tattoo des Allsehenden Auges an meinem Hals erblickte. Er runzelte die Stirn, sein Blick wanderte zu Mitch. Ihm missfiel meine Anwesenheit bei dieser Dinner-Veranstaltung eindeutig.

Meine Miene verfinsterte sich. „Gibt es ein Problem?"

Mitch warf Bigsby einen irritierten Blick zu, bevor er laut auflachte. Er klopfte mir auf den Rücken. „Entschuldige, Core." Er warf Bigsby einen mahnenden Blick zu. „Bigsby ist noch nicht mit den Feinheiten und wichtigen Akteuren unseres Kreises vertraut, also entschuldige bitte seine Unwissenheit. Ich versuche immer noch, ihn auf den neuesten Stand zu bringen."

Bigsbys Körper spannte sich an, und er fuhr sich nervös mit der Hand über sein graumeliertes Haar.

Mitch sah das Paar eindringlich an. „Das ist Core McKay – ihm gehört die McKay Corporation. Er ist einer meiner wichtigsten Kunden."

Cates Maske der Gleichmütigkeit zerfiel, als sich ihre Augen weiteten. „Nun, dieser Abend steckt ja voller Überraschungen. Ich habe endlich das Privileg, dem berühmten

Namen ein Gesicht zuordnen zu können." Sie lächelte. „Ich gratuliere Ihnen zu Ihrer jüngsten Milliarden-Fusion."

Ich neigte den Kopf, schwieg aber.

Mitch sah mich eifrig an. „Das ist Cate Bellisario."

Cate nickte höflich, als ich meinen Blick über sie schweifen ließ. Von ihrem figurbetonten Designerkleid über ihr perfekt frisiertes Haar bis hin zu ihrem kunstvoll aufgetragenen Make-up war sie der Inbegriff der New Yorker High Society. Ich schmunzelte. Ich wusste, dass ihre Perfektion nur eine Fassade für die zwielichtige dunkle Seite war, die sie vor ihrem Verlobten verbarg. Bei mehreren Gelegenheiten hatte die strahlende Nymphe meinen Sexclub aufgesucht und Ram angefleht, sie zu dominieren. Die Zwiespältigkeit ihrer makellosen Persona amüsierte mich.

Bigsby räusperte sich. „Ich bin Bigsby Calhoune." Er lächelte, als er mir seine Hand reichte und meine begeistert schüttelte. „Ich entschuldige mich. Ich dachte, ich kenne bereits die meisten von Mitchs Freunden."

Mein Gesicht war eine kalte Maske, die meine Verachtung kaum verbarg. „Überlassen Sie das Denken Mitch und Ihrer Verlobten. Sie sind völlig überfordert, Mr. Calhoune." Ich trat einen Schritt zurück und nippte an meinem Scotch.

Bigsby trat unbehaglich von einem Fuß auf den anderen und sah Mitch hilfesuchend an, aber von ihm kam nichts. Ich wusste, dass Mitch von Bigsby erwartete, dass er zu Kreuze kroch und seine Beleidigung mir gegenüber wiedergutmachte.

Bigsby lächelte gezwungen, als er sagte: „Cate meinte bereits, ich sei bei diesen Veranstaltungen wie ein Elefant im Porzellanladen. Entschuldigen Sie, Mr. McKay."

Ich legte den Kopf schief. „Sie sind aus Brooklyn", stellte ich sachlich fest.

Bigsby sah sichtlich erschrocken aus. „Äh... ja. Woher wussten Sie das?"

Ich starrte ihn hinterlistig an. „Sie geben sich zu viel Mühe, Ihren Akzent zu verbergen." Ich ließ ihn links liegen und wandte mich an Mitch. „Du hast heute Abend die großen Geschütze aufgefahren. Du musst denken, dass er gewinnen wird."

Mitch strahlte Bigsby an. „Da hast du verdammt recht. Wenn es nach mir geht, wird Bigsby der nächste Bürgermeister von New York."

„Ich würde noch nicht anfangen, Dankesreden zu schreiben. Ich kenne seinen Gegner persönlich. Er ist gründlich und rücksichtslos." Ich sah Bigsby mit verengten Augen an. „Und seine Spezialität ist es, die Leichen seines Gegners aus dem Keller zu holen."

Bigsbys Grinsen verschwand, und seine Lippen verzogen sich zu einem steifen Lächeln.

Ich zwinkerte Cate zu und wandte mich an Bigsby. „Ich hoffe, Ihre schöne Verlobte hat den Keller fest verschlossen."

Bigsby schlang besitzergreifend eine Hand um ihre schmale Taille.

Ich warf einen Blick auf den klobigen, goldenen, mit Rubinen und Diamanten besetzten Hufeisenring an Bigsbys Mittelfinger. „Das ist ein einzigartiger Ring, den Sie da tragen, Calhoune. Er ist sicher einmalig."

Bigsby lächelte überheblich. „Ja, das ist er. Ich habe ihn schon seit über vierzig Jahren. Es ist eine Sonderanfertigung." Er sah zu Cate hinüber. „Und ich werde ihn nie abnehmen."

Cate seufzte schwer und betrachtete den protzigen Ring mit Abscheu. „Glauben Sie mir, ich habe es versucht."

Bigsby zwinkerte Cate zu. „Er ist mein Glücksbringer. Du

wirst ihn mir nur über meine Leiche abnehmen, Schätzchen."

Sie starrte zurück und sagte schlicht und einfach: „Muss ich wirklich so lange warten?"

Bigsby lachte laut auf. „Du bist so ein Biest."

Mitch winkte jemandem auf der anderen Seite des Raumes zu und sah dann entschuldigend zu mir herüber. „Würdest du uns bitte entschuldigen? Wir müssen noch die Runde machen, bevor das Abendessen serviert wird."

„Ich gehe jetzt sowieso. Ich habe wichtige Dinge zu erledigen", antwortete ich.

Mitch sah enttäuscht aus. „Ich habe dir einen Platz an unserem Tisch mit Cate und Bigsby zugeteilt, aber ich verstehe." Er begann, das Paar wegzuführen. „Wir sprechen uns diese Woche noch."

Als ich das Gebäude verließ und versuchte, meine aufsteigende Wut zu zügeln, zückte ich mein Handy und bellte: „Kevin, finde alles über Bigsby Calhoune heraus, was du kannst."

Meine Gedanken kehrten in die Gegenwart zurück. Ich löste meine Finger und sagte zu Ram: „Der Plan wird bereits umgesetzt. Nach all den Jahren haben wir aller Wahrscheinlichkeit zum Trotz endlich den Ring gefunden."

Ram lehnte sich vor. „Wir haben jahrelang danach

gesucht, und er war direkt vor unserer Nase." Er hielt inne. „Also, wie passt Sinthia ins Bild?"

„Ich weiß es nicht. Kevin hat ein paar interessante Informationen darüber ausgegraben, dass Bigsby die Geschäfte von Sinthia Michaels untersucht hat. Wenn er sich für sie und ihre Geschäfte interessiert, muss es einen verdammt guten Grund geben." Ich lehnte mich in meinem Stuhl zurück und lächelte kalt. „Jetzt hat er es direkt mit mir zu tun."

Als ich Kevins Anruf wegen Bigsbys Interesse an Sinthia erhielt, war meine erste Frage: *Wer zum Teufel ist Sinthia Michaels?*

Kevin hatte nicht lange gebraucht, um eine gründliche Untersuchung zu starten, hatte aber nichts gefunden, was Bigsby mit ihr in Verbindung brachte. Ich wusste jedoch, dass, wenn Bigsby an Sinthia interessiert war, es ein dunkles Motiv dafür geben musste, weshalb ich Sinthia Michaels' Geschäft rasch übernehmen musste. Ich ließ Kevin noch einmal ihren Werdegang nach allem durchsuchen, was als Druckmittel dienen könnte. Überraschenderweise war Sinthia blitzsauber und frei von Skandalen. Frustriert und ohne viel Zeit und Möglichkeiten, fand ich dennoch eine Schwachstelle in ihrer Rüstung – Geld.

Sie brauchte Geld, und ich hatte jede Menge davon. Aber zu meinem Ärger konnte ich keinen Weg finden, in Sinthias engen Kreis zu gelangen, ohne Verdacht zu erregen oder sie zu verschrecken.

Das war der Zeitpunkt, an dem Kevin unsere Mittelsfrau ins Spiel gebracht hatte – Tabitha Thorp. Ich kannte Tabitha von früher. Als wir jung waren, hatten wir uns in denselben kriminellen Kreisen herumgetrieben. Der einzige Unterschied war, dass die heute berühmte Tabitha damals als

Drogenkurier für ihren zwielichtigen Freund, den Drogenboss Ben Vargos, gearbeitet hatte. Ich kannte Tabitha. Ich hatte sie sogar einige Male hinter Bens Rücken gevögelt. Sie war ein geldgieriges Miststück, das sich leicht manipulieren ließ.

Als ich also herausfand, dass die inzwischen erfolgreiche Tabitha Thorp ihrem widerwärtigen kriminellen Ex-Freund Ben einen Haufen Geld schuldete, griff ich zu.

Einen Anruf später hatte ich Tabitha angeworben, um mich an Sinthia heranzuführen. Tabitha hatte Sinthia davon überzeugt, dass es sinnvoll war, sich einen Investor – also mich – zu suchen, der ihr bei der Expansion ihres Unternehmens half. Im Gegenzug hatte ich zugestimmt, Tabithas Schulden bei Ben zu begleichen und sie in einen sehr langen Urlaub zu schicken.

Bigsby war unter seiner aalglatten, sauberen Politiker-Fassade ein dreckiger Krimineller. Ich konnte mir immer noch nicht erklären, warum Bigsbys Verlobte Cate einen solchen Abschaum heiraten wollte, aber sie hatte Bigsby wie einen streunenden Straßenwelpen zurechtgemacht. Sie hatte ihm einen gut bezahlten Publizisten besorgt und half ihm jetzt bei seiner Kandidatur zum Bürgermeister.

„Bigsby Calhoune mag eine neue Identität und ein neues Leben haben, aber er ist immer noch der machtgierige Verbrecher, der meine Mutter getötet und mich dem Tod überlassen hat. Er wird für das, was er getan hat, büßen", zischte ich.

Seit Jahren hatte ich nichts anderes im Sinn als Rache. Sie verzehrte mich. Allein der Gedanke an die Nacht, in der der unbekannte Angreifer auf Mom und mich geschossen hatte, schürte das Feuer meines Hasses. Mom war gestorben, aber ich hatte überlebt.

Ich stand auf, strich mir abwesend über die Narbe auf meiner Stirn und starrte auf die Skyline von Manhattan. „Bigsby ist eine unerledigte Aufgabe. Eine Angelegenheit, die schon viel zu viele Jahre auf einen Abschluss wartet."

„Ich habe das Bild gesehen und den Zeitungsartikel über Sinthia Michaels gelesen. Aber wie sieht sie wirklich aus?", fragte Ram.

Ich zuckte mit den Schultern. „Umwerfend und mit Kurven an den richtigen Stellen."

„Umwerfend?" Ram lachte. „Ich habe oft gehört, wie du Frauen als fickbar beschrieben hast, aber noch nie als umwerfend." Er hielt inne. „Interessant."

„Keineswegs interessant. Sie ist definitiv fickbar, aber ich vermische das Geschäftliche nicht mit meinem Vergnügen, und schon gar nicht dieses Geschäft."

„Ich verstehe."

Ich schaute über meine Schulter. „Mehr ist da nicht dran, Ram."

Ram schnaubte. „Fickbar und umwerfend? Nun, das ist doch schon einiges, wenn es um deine Bewertungsskala von Frauen geht."

„Ich werde die Finger von Sinthia Michaels lassen. Ich brauche diese Komplikation nicht." Ich drehte mich wieder um und starrte weiter auf die Skyline.

Mein Leben war schon schwierig genug, und ich konnte keine Ablenkung gebrauchen, besonders jetzt nicht, wo ich Moms Mörder gefunden hatte. Außerdem war ich nicht geeignet für eine Beziehung. Ich war es nie gewesen und würde es nie sein.

Zu sehen, wie Mom ermordet wurde, hatte mich verändert und zu dem Mann gemacht, der ich heute war – ein sadistischer, zielstrebiger, rücksichtsloser, kalter und herzloser Killer. Ich war das Produkt meiner Umgebung. Das Aufwachsen in einem heruntergekommenen Teil Manhattans und der Kampf gegen jedes Kind, das über meine junge, alleinstehende Mutter lästerte, die in Stripclubs auftrat, um ihren Lebensunterhalt zu verdienen, hatten mich dazu getrieben.

Bereits in jungen Jahren hatte ich Dinge gesehen und erlebt, die die meisten Menschen nur aus Filmen kannten. Diese Dinge konnte ich nicht vergessen – Menschen, die am helllichten Tag rücksichtslos niedergeschossen wurden, oder alleinerziehende Mütter, die in Gassen Blowjobs gaben, damit sie die Miete zahlen und Essen auf den Tisch bringen konnten.

Ich hatte dieses Leben weit hinter mir gelassen und besaß nun mehr Geld, als ich jemals ausgeben konnte, aber die beschissenen Erinnerungen blieben. Ich würde nie vergessen, woher ich gekommen war, oder den Tag, an dem sich meine Welt für immer verändert hatte. Das brachte mich zu der unmittelbaren Aufgabe, die vor mir lag – ich musste den Mord an meiner Mutter rächen.

Selbst nach all den Jahren waren die Einzelheiten dieses schicksalhaften Tages in mein Gedächtnis eingebrannt... Ich machte gerade meine Hausaufgaben, als ich Moms markerschütternden Schrei hörte. Ich erinnerte mich, dass ich aus dem Wohnzimmer in die Küche rannte, wo ich sah, wie sie von einem großen, stämmigen Mann, der mir den Rücken zuwandte, an die Wand gedrückt wurde, während er Moms Gesicht zu Brei schlug. Ich stürmte los, sprang auf den Rücken des Mannes und versuchte, ihm die Augen aus dem Kopf zu kratzen.

Ich konnte immer noch den knochensplitternden

Aufprall von Moms zerbrechlichem Körper hören, als der Mann sie zu Boden warf.

Der Mann drehte sich um und schrie mich an: „Du kleiner Bastard, du bist tot!" Er packte mich am Hals und schleuderte mich quer durch die Küche.

Mein Kopf knallte gegen die Ecke des Küchentischs, bevor mein Körper auf dem Boden aufschlug.

Benommen hob ich meine Hand zu meinem Kopf. Ich spürte das dickflüssige Blut, das über meine Stirn lief, aber ich weigerte mich, dem Schmerz nachzugeben. Mom brauchte mich.

Mein Herz sprang mir beinahe aus der Brust, als meine Mutter schrie: „Lass meinen Sohn in Ruhe, du verfluchter Mistkerl! Das ist eine Sache zwischen dir und mir, du verdammter Feigling!"

Der Mann stürmte auf sie zu und zog eine .357er Magnum aus seinem Hosenbund. „Halt die Klappe, du Flittchen. Das hast du dir selbst zuzuschreiben. Ich habe dich gewarnt, dein verdammtes Maul zu halten", schrie er und packte sie an den Haaren.

Der Mann drehte ihr Gesicht von ihm weg und setzte ihr die Pistole an den Kopf. Es kam mir wie eine Ewigkeit vor, während ich auf den goldenen, mit Rubinen und Diamanten besetzten Hufeisenring am Mittelfinger des Mannes starrte, bevor er die Waffe abfeuerte und Mom tötete. Dann stürmte er auf mich zu und richtete seine Waffe auf mich. Schüsse fielen, und dann wurde meine Welt dunkel.

Ich war dem Tod nahe, als Ram mich auf dem blutgetränkten Küchenboden fand, wie ich an meinem eigenen Blut zu ersticken drohte. Für Mom kam jede Hilfe zu spät. Ram rettete mir das Leben, und wir schlossen an diesem Tag einen Pakt. Der Mann, der meine Mutter getötet hatte, würde dafür mit seinem Leben bezahlen.

Jung, wild und rücksichtslos waren Ram und ich in der Welt des organisierten Verbrechens schnell aufgestiegen und hatten unser Imperium von Grund auf aufgebaut. Im Laufe all der Jahre haben wir den Mann ohne Gesicht nie vergessen, wir kannten ihn jedoch nur durch seinen Ring aus Rubinen und Diamanten.

Unser kriminelles Netzwerk hatte sich ausgeweitet. Das Leben und das Geld waren gut gewesen, aber wir wussten, dass wir aussteigen mussten, sonst würden wir wie so viele unserer früheren Freunde enden – tot oder im Knast. Es war also keine schwere Entscheidung gewesen, unser Geschäft in die Legalität überzusiedeln und unser Leben umzukrempeln. Trotzdem würde ich nicht eher ruhen, bis ich den Mann mit dem Ring zur Rechenschaft gezogen hatte.

„Sinthia Michaels ist eine Geschäftsfrau, und ich bin bereit, ihr Geschäft zu zerstören, um Bigsby zu Fall zu bringen", erwiderte ich.

Rams Kiefer spannte sich an. „Du weißt, wie ich über diesen Scheiß denke. Wir sind zusammen oft durch die Hölle gegangen, also ist es keine Frage, dass ich dir helfe, ihn zu Fall zu bringen. Aber das ist eine Sache zwischen dir, mir und ihm. Niemandem sonst. Lass die Sinthia-Michaels-Tussi da raus."

Mein Temperament flammte auf. „Sie ist mir scheißegal", knurrte ich.

Ich brauchte Sinthia Michaels als Köder, und wenn das bedeutete, dass sie ein Bauernopfer in meinem Krieg gegen Bigsby werden würde, dann sei's drum.

„Sie ist bereits involviert, mit oder ohne ihr Wissen, und ich habe nicht die Absicht, sie in Ruhe zu lassen, bis ich bekomme, was ich will: Bigsby." Ich zog an meiner Zigarre. „Wir haben eine Menge Arbeit vor uns. Wir müssen alle Einzelhändler anrufen, bei denen wir eine große Beteiligung haben, und sie wissen lassen, dass keine Geschäfte mit Sinthia Michaels zustande kommen, bevor wir sie nicht persönlich abgesegnet haben."

KAPITEL 9
SINTHIA

Weniger als drei Stunden später hielt das Taxi vor dem riesigen Gebäude an. Mir war mulmig zumute. In meinen Schläfen pochte es, während ich das Gebäude begutachtete.

Ich schaute in den Rückspiegel und begegnete dem Blick des Taxifahrers. „Sind Sie sicher, dass das der richtige Ort ist?"

Der Fahrer trommelte mit den Fingern auf das Lenkrad. „Lady, das ist die Adresse, die Sie mir gegeben haben." Er tippte mit einem großen Finger auf das Schild. „Sehen Sie das da? McKay Corporation."

Ich runzelte die Stirn. „Das kann nicht stimmen."

„Junge Frau, wenn Sie zu einer anderen Adresse wollen, sagen Sie mir, wohin ich fahren soll. Wenn nicht, zahlen Sie den Fahrpreis."

Ich biss mir auf die Unterlippe. „Nein, danke." Ich bezahlte und stieg aus.

Ich strich mir die feuchten Haarsträhnen aus dem Nacken und starrte auf das große Schild „*McKay Corporati-*

on", als wäre es eine Fata Morgana. Ein Schauer der Beklemmung lief mir über den Rücken.

Das war alles falsch – erst der Anruf von Ram, dann Tabithas Verschwinden, und jetzt das. Jemand hatte mich reingelegt, und ich wollte wissen, wer und warum. Ich richtete mich zu meiner vollen Größe auf und ging selbstbewusst durch die Glastüren zum Empfang.

„Ich bin hier, um Mr. Steele zu treffen." Ich tippte auf den Tresen und hoffte, der Mann würde sagen, ich sei im falschen Gebäude.

Der Wachmann sah mich ausdruckslos an. „Frau Michaels, Ihren Ausweis, bitte."

Oh, Scheiße. Ich bin am richtigen Ort.

Ich fummelte in meiner Handtasche herum, zog meinen Führerschein heraus und reichte ihn ihm. „Hier."

Er warf einen kurzen Blick darauf. Dann scannte er meinen Führerschein mit einem Gerät an seinem Tablet, bevor er sanft auf den Bildschirm tippte.

Ich runzelte die Stirn. „Was machen Sie mit meinen Daten?"

„Nur eine Sicherheitsvorkehrung, Frau Michaels. Wir registrieren die Daten von jedem, der dieses Gebäude betritt." Er nickte in Richtung des Aufzugs, als er mir meinen Führerschein zurückgab. „Oberste Etage."

Die Fahrt mit dem Aufzug zu Steeles Büro war die längste, die ich je unternommen hatte. Ich war mir nicht sicher, was vor sich ging, aber es gefiel mir kein bisschen. Wenn Mr. Steele dachte, er könne mich bei diesem Geschäft einfach so über den Tisch ziehen, ohne dass ich mich wehrte, dann hatte er sich gründlich geschnitten. Ich war bereit, zu kämpfen.

Der Aufzug gab einen Ton von sich, und ich trat in die

palastartige Suite, die mit kunstvoll verzierten Möbeln aus dem achtzehnten Jahrhundert ausgestattet war. Mein Blick fiel sofort auf die Bürotür, die von zwei gut gekleideten, bewaffneten Männern bewacht wurde.

„Ist das ein Büro oder ein Hochsicherheitsgefängnis?", murmelte ich vor mich hin.

Ich ging einen langen Flur entlang und kam dabei an einem großen gläsernen Konferenzraum vorbei. Mein Gang wurde bewusst sinnlicher, als ich eine auffällige Frau bemerkte, die hinter einem großen Schreibtisch saß und mich mit offener Missbilligung musterte. Sie betrachtete mein Outfit aus hautengen Lederleggins, einem schwarzen T-Shirt und einer maßgeschneiderten Jacke. Das war mir scheißegal. Ich hatte zwar genug angemessene Geschäftskleidung, aber ich hatte mir schon vor Jahren geschworen, mich nicht zu verbiegen, um anderen zu gefallen. Ich blieb ich selbst. Wenn es Mr. Steele nicht gefiel, konnte er mich am Arsch lecken.

Ich blieb vor ihrem Schreibtisch stehen. „Ich habe einen Termin mit Ram Steele."

„Nehmen Sie Platz, Ms. Michaels", antwortete sie mit britischem Akzent.

Ich schenkte ihr ein kaltes Lächeln und antwortete: „Danke, aber ich stehe lieber."

„Das ist Ihr gutes Recht", schnaubte sie.

Nur um ihre Geduld zu strapazieren, stolzierte ich zu den bequemen Sesseln hinüber und sorgte dafür, dass meine lächerlich hohen Stilettos laut über den Marmorboden klackerten.

„Pst!", schnauzte sie mich mit einem mahnenden Blick an.

Ich kicherte. *Was für ein verklemmtes Frauenzimmer.* Ich

konnte mir gut vorstellen, wie Mr. Steele war. Wahrscheinlich war er ein überspannter Milliardär, der so alt war, dass seine Knochen beim Gehen knackten.

Ich drehte meinen Kopf in Richtung der großen Bürotür, die sich gerade geöffnet hatte. Meine Augen weiteten sich beim Anblick des großen, schlanken und überaus gut aussehenden Mannes, der auf mich zuschritt.

Mein Gott, er ist so heiß, dass er Höschen zum Schmelzen bringt.

Er legte den Kopf schief, als er mich kühl begrüßte. „Bitte kommen Sie herein, Ms. Michaels. Mr. McKay wartet schon."

Ich erkannte seine Stimme – Ram Steele. Ich zog eine Augenbraue hoch. „Was ist hier los?"

Schweigend wies er mich an, das Büro zu betreten.

„Ich habe Sie etwas gefragt, Mr. Steele", schnauzte ich.

Mr. Steele stieß einen langen, resignierten Seufzer aus, bevor er mir sanft die Hand auf den Rücken drückte und mich ins Büro schob. „Ms. Michaels, ein Ratschlag – wenn ich Sie wäre, wäre ich nett zu ihm. Er hat heute eine wirklich beschissene Laune", sagte er mit belegter Stimme, bevor er die Tür mit einem nachdrücklichen Klicken hinter sich schloss.

Nett sein?

Auf keinen Fall.

Ich war bereit für einen Kampf. Als ich die Schultern straffte, fiel mein Blick auf einen Mann in einem maßgeschneiderten Anzug, der mit hinter dem Rücken verschränkten Händen aus dem Fenster blickte. Seine große, muskulöse Gestalt hätte jeden eingeschüchtert, aber ich weigerte mich, mich von ihm ins Bockshorn jagen zu lassen. Ich holte tief Luft, um mich zu beruhigen, ging in die Mitte des Raumes und blieb stehen.

„Sinthia Michaels", grüßte er in einem tiefen Tonfall, der mir einen köstlichen Schauer über den Rücken jagte. „Haben Sie mein Geld dabei?", fragte er mit einer rauen Stimme, die mir vage bekannt vorkam.

Mein Mund öffnete und schloss sich, ich konnte nicht glauben, was er gerade gefragt hatte. „Geld? Welches Geld?"

Er wandte sich vom Fenster ab und sah mich direkt an. Ich hätte fast meine Zunge verschluckt. Es war der Mann von gestern Abend.

„*Sie* sind Core McKay?" Ich machte einen Schritt nach vorne, als zöge mich eine unsichtbare Schnur zu ihm.

Sein Blick war einschüchternd und unerbittlich. „Schön, Sie wiederzusehen, Ms. Michaels." Seine dröhnende, tiefe Stimme hallte durch das ganze Büro. „Nehmen Sie Platz. Wir haben eine Menge zu besprechen."

Sein Blick wanderte meinen Körper hinunter. Sein raubtierhafter Ausdruck ließ mich wie eine Maus unter dem blutrünstigen Blick einer Katze fühlen. Bei Tageslicht war er sogar noch bedrohlicher. Sein Körper bestand aus puren, wogenden Muskeln – keinen Muskeln, die man sich fünf Tage die Woche im Fitnessstudio antrainierte, sondern Muskeln, die man für Kampfsportarten brauchte, bei denen man aus Spaß an der Freude Leute verprügelte. Doch es waren seine glühenden grauen Augen, die die wahre Geschichte erzählten.

Core McKay war kein Mann, mit dem man sich anlegen sollte.

Ich zögerte, aber ich musste mich erst einmal orientieren, bevor ich vor Anspannung ohnmächtig wurde. „Gut", räumte ich ein und setzte mich. „Hören Sie, ich komme gleich zur Sache", fuhr ich fort. „Warum zum Teufel bin ich hier?"

Er betrachtete mich lange und setzte sich dann auf den Stuhl hinter seinem riesigen Schreibtisch. Er strich die Ärmel seines maßgeschneiderten Hemdes glatt und fuhr sich mit der Hand durch sein kurz geschnittenes, nachtschwarzes Haar. „Leider bin ich kürzlich auf einige beunruhigende Informationen gestoßen, die mich an Ihrer Fähigkeit zweifeln lassen, mir genügend Gewinn zu verschaffen." Seine Worte waren höflich, aber sein Blick war hart wie Granit.

Oh, verdammt, nein! Auf keinen Fall lasse ich mich von ihm verarschen, als wäre ich seine Gefängnisschlampe.

Trotzig hob ich mein Kinn und begegnete seinem Blick. „Nichts für ungut, Mr. McKay, aber ich habe einen Vertrag mit MK Partners."

Er grinste, als fände er mich unterhaltsam.

Meine Augen weiteten sich, als es mir dämmerte. *Scheißkerl!*

„Ja, Ms. Michaels, MK Partners ist meine Investmentgesellschaft", bestätigte er.

Ich schüttelte den Kopf. *Oh Scheiße. Bitte mach, dass das nicht wahr ist.* Meine Kehle wurde ganz trocken, und ich hatte das Gefühl, als würden die Wände auf mich zu rücken. Trotzdem weigerte ich mich, klein beizugeben. Ich war verdammt nochmal eine Kämpfernatur.

„Das mag zwar stimmen, aber unsere Vereinbarung war kein Kredit. Ich würde niemals ein Darlehen von einem Mann wie Ihnen annehmen."

Sein Blick wurde hart.

Nun, es stimmte. Ich war dringend auf der Suche nach einem Investor gewesen, aber selbst ich war nicht so verzweifelt – oder dumm. Ich wusste von der McKay Corporation und den Gerüchten, die über den mysteriösen und exzentrischen Eigentümer Core McKay kursierten. Er hatte sein milliardenschweres Imperium mit Drogenhandel, Geldwäsche und Prostitution aufgebaut, und das waren nur einige seiner kriminellen Machenschaften.

Sein Kiefer spannte sich an. Er war wütend, und das war verdammt beängstigend.

„In Ihrer Verzweiflung, Ihr Unternehmen zu finanzieren, haben Sie offensichtlich Ihre verdammt hohen Ansprüche heruntergeschraubt", grollte er. „Das Einzige, was mir jetzt nicht gehört, ist Ihr Firmenname. Ansonsten gehören mir siebenundneunzig Prozent Ihres kostbaren Unternehmens."

Der Atem blieb mir in der Kehle stecken. Die Stille dehnte sich zwischen uns aus. Mein Versäumnis, das Kleingedruckte des Vertrages zu lesen, holte mich mit voller Wucht ein. *Verdammt.*

„Unmöglich", erwiderte ich.

Er deutete auf die ordentlich gestapelten Papiere auf seinem Schreibtisch. „Das Unmögliche ist möglich geworden, Ms. Michaels." Seine Augen blitzten auf, bevor er seine muskulösen Arme verschränkte und seinen Bizeps anspannte.

Er erinnerte mich an einen Tiger, der sich geduldig an seine Beute heranpirscht. Die Beute war in diesem Fall ich.

Ich straffte die Schultern und nahm den Stapel vom Schreibtisch. Langsam überflog ich den Papierkram und blieb beim Kleingedruckten hängen. *Scheiße, es ist ein Darlehen. Wie zum Teufel hatte ich das übersehen können?*

Mein Blick blieb an dem Namen neben meiner Unterschrift hängen – *Core McKay.*

Mir drehte sich der Magen um. „Das ist ein großes Missverständnis. Das sollte kein Kredit sein. Es war ein Vertrag über sieben Prozent meines zukünftigen Einkommens." Ich schüttelte den Kopf.

„Sinthia", er sagte meinen Namen, als würde er ihn auf der Zunge testen. „Ist das Ihre Unterschrift?"

Ich presste die Lippen zusammen und kämpfte gegen die drohende Tränenflut an. „Ich schwöre, das war nicht das, was ich zu unterschreiben glaubte."

Er legte den Kopf schief. „Lassen Sie sich das eine Lehre sein. Lesen Sie Verträge gründlich, bevor sie unterschreiben."

Das ergab einfach keinen Sinn. Warum hat Tabitha mir nicht gesagt, dass McKay mein Investor ist?

Ich biss mir auf die Lippe und dachte an den Tag, an dem sie mir den Vertrag gebracht hatte. Mir wurde flau im Magen, als ich mich daran erinnerte, dass sie viel zu glücklich gewirkt hatte. Wenn ich es mir recht überlege, war sie geradezu übermütig gewesen, dass sie den Deal an Land gezogen hatte, den ich brauchte, um alle meine finanziellen Probleme zu lösen.

Er sah mich kalt an. „Können Sie mir meine zwei Millionen Dollar plus Zinsen heute zurückzahlen?"

Jetzt spielte er mit mir.

Er wusste genau, dass ich das Geld nicht hatte, und ich konnte es auch nicht irgendwie besorgen.

In meiner Verzweiflung dachte ich sofort an Jade, aber ich konnte mir das Geld nicht von ihr leihen. Ihr Vermögen war an ein großes Unternehmen gebunden, um das von ihr geschriebene Drehbuch umzusetzen und die Filmversion unabhängig zu produzieren.

Ich stotterte: „Was zum Teufel wollen Sie, McKay? Weil..." Ich brach mitten im Satz ab, und ein heißer, prickelnder Schauer überkam mich, als er mich mit unergründlichen Augen anblickte.

Seine Anziehungskraft war mit Händen zu greifen. Ich

schluckte schwer und versuchte, mich unter seinem sinnlichen Blick nicht zu winden.

Bastard. Er will, dass ich bettle. Nur über meine Leiche.

Unsere Blicke trafen sich.

„Ich gehe nicht davon aus, dass Sie erwarten, dass ich die Beine breit mache, damit sie die Sache mit dem Darlehen vergessen."

Er lachte mich tatsächlich aus, als hätte ich gerade einen Witz erzählt. Der hinterhältige Klang zerrte an meinen Nerven.

„Glauben Sie wirklich, dass ich für einen Fick bezahlen muss?", antwortete er.

So ein arroganter Arsch.

Ich knirschte mit den Zähnen. „Was wollen Sie dann?"

„Nichts als mein Geld plus Zinsen." Er verengte seine Augen. „Ich bin mir nicht sicher, ob Sie in der Lage sind, einen Gewinn zu erwirtschaften, Darling. Meine Quellen sagen mir, dass Ihre Händler kalte Füße bekommen haben, was die Rentabilität Ihrer Kollektion angeht. Sie ziehen sich zurück."

Ich zuckte zurück, als hätte er mir eine Ohrfeige verpasst. „Schwachsinn! Ich habe mit allen von ihnen konkrete Vereinbarungen getroffen."

„Sie haben wirklich keine Ahnung von Verträgen. Im Geschäftsleben ist nichts konkret. Dafür gibt es Schlupflöcher und einen Haufen gut bezahlter Anwälte." Er warf mir einen verärgerten Blick zu. „Ich merke, Sie glauben mir nicht. Rufen Sie also Lily Sanchez an."

Ich verengte die Augen. „Woher kennen Sie Lily?", fragte ich ungläubig.

Er zuckte mit den Schultern. „Rufen Sie sie einfach an."

Er legte den Kopf schief. „Sie wird Ihnen den Ernst der Lage bestätigen."

Ich holte mein Handy hervor. Meine Finger zitterten, aber ich zwang sie, damit aufzuhören. Ich würde nicht vor diesem Arschloch zusammenbrechen. Ich rief sie an.

„Hallo, Sin. Wie geht es dir?", fragte Lily.

„Beschissen. Hör mal, ist alles in Ordnung mit meiner Kollektion?"

Lily räusperte sich. Mir wurde flau im Magen.

„Ich wollte dich gerade anrufen, Sin. Ich weiß nicht, was zum Teufel los ist, aber die Finanzplaner erwägen ernsthaft, aus dem Vertrag auszusteigen."

Ich sprang auf und drehte Core den Rücken zu. „Was zum Teufel ist passiert?", flüsterte ich.

„Ich weiß es nicht. Ich versuche immer noch, es herauszufinden. Ich weiß nur, dass es um mehr geht als um dich oder mich."

Ich ließ die Schultern hängen. Ihr Kaufhaus war mein größter Kunde.

„Ich bin mit zwei Millionen dabei, Lily. Meine Kollektion ist fast vollständig. Das sind Monate anstrengender Arbeit. Verstehst du mich? Vereinbare ein Treffen mit den Finanzplanern", schnauzte ich.

„Es tut mir leid, Sin. Mir sind die Hände gebunden. Gib mir ein paar Tage Zeit, um das zu klären."

Nach Beendigung unseres Gesprächs blieb ich schockiert zurück.

Wie um alles in der Welt konnte sich mein Leben innerhalb weniger Stunden von rosig in beschissen verwandeln?

Ich spürte, wie Cores heißer Blick durch meine Kleidung drang. Ich sammelte meine Kräfte, drehte mich um und spürte, wie sich die Schlinge enger zusammenzog. Es war an der Zeit, einen Pakt mit dem Teufel zu schließen. Aber bevor ich das tat, hatte ich eine einzige Frage.

Ich hob mein Kinn. „Woher kennen Sie Tabitha?"

Er schenkte mir ein hartes Lächeln.

Meine Augen weiteten sich. „Oh, ich verstehe. Sie ist eine ihrer vielen Fickbekanntschaften." Ich klang vorwurfsvoll.

Er richtete sich zu seiner vollen, einschüchternden Größe auf. „Kommen wir gleich zur Sache, ja? Ich kenne Tabitha seit Jahren in verschiedenen... Funktionen. Deshalb kam sie auch zu mir, als Sie Finanzierungsprobleme hatten. Sie wusste, dass ich für eine lukrative Investition zu haben war." Er nahm eine Zigarre aus einer Schachtel. „Ich habe mich eingehend über Sie und Ihr Label informiert, und Sie sind sehr talentiert." Er zündete sich die Zigarre an. „Aber offensichtlich sind Sie auch sehr naiv, wenn es um Geschäfte geht."

Ich ballte meine Fäuste.

Ich werde Tabitha eine verfluchte Tracht Prügel verpassen, wenn ich sie finde.

„Sie wissen also, wo sie ist?", zischte ich.

Seine Lippen zuckten spöttisch. „Ich habe keine Ahnung, und es ist mir auch egal. Aber wenn Sie sie finden, grüßen Sie sie von mir." Er hielt inne und sah mich kühl an. „Sinthia, Sie sind zäher als ich dachte. Das gefällt mir." Er nahm einen Zug von seiner Zigarre. „Ich habe eine Entscheidung getroffen." Er stieß einen Rauchring aus, bevor er die Zigarre in den Aschenbecher legte.

„Welche Entscheidung?", bellte ich. „Sie haben bereits eine Entscheidung getroffen, als Sie mir zwei Millionen Dollar gegeben haben. Und jetzt treffen Sie eine weitere Entscheidung?", höhnte ich.

„Ich werde es Ihnen ganz einfach machen." Er

verschränkte die Arme, was ihn noch breiter wirken ließ. „Ich habe zwei Millionen in Ihr Unternehmen investiert, und ich habe die Absicht, sie zurückzubekommen, plus einen saftigen Gewinn. Ich behalte die volle Kontrolle über Ihr Label."

Ich verschluckte mich fast an meinem eigenen Atem. „Bullshit! Das ist mein Unternehmen", protestierte ich.

Sein Blick war eiskalt und distanziert, als er fortfuhr: „Kevin, mein Buchhalter, wird sich um die finanziellen Angelegenheiten kümmern, einschließlich der Bereitstellung des Geldes für die Fortführung Ihrer Kollektion. Außerdem werde ich ein paar Anrufe bei meinen Kontakten tätigen, um zu sehen, ob wir Ihre Einzelhändler wieder ins Boot holen können."

Ich leckte mir über die Lippen. Sein Blick fiel auf meinen Mund.

„Und was ist der Preis für all das?" Mein Rücken versteifte sich, und meine Augen wurden eng. „Ich werde mein Unternehmen nicht als Fassade für illegale Geschäfte benutzen."

Seine grauen Augen verengten sich. „Wovon zum Teufel reden Sie?"

Ich schloss meine Augen fest, um den Anblick seiner hasserfüllten Augen zu verdrängen. „Ich habe zu hart gearbeitet, um mein Geschäft und meinen Namen mit etwas Illegalem in Verbindung zu bringen." Ich zwang mich, ihn wieder anzuschauen.

Er schlenderte zu mir herüber, sein Blick wanderte unverhohlen über meinen Körper. „Was für eine Heuchlerin. Sie haben sich keine Gedanken darüber gemacht, woher das Geld kommt, als Sie es angenommen haben. Und jetzt sehen Sie mich an, als wäre ich der Abschaum der Menschheit?"

Er betrachtete mich schweigend. Es irritierte mich, dass er mich mit einem einzigen Blick verunsichern konnte.

„Ich sage nur, wie ich die Sache sehe, Mr. McKay. Ich werde mein Geschäft nicht für etwas Illegales zur Verfügung stellen."

Er runzelte die Stirn. „Vor vielen Jahren hätte ich Sie vielleicht dafür benutzt... und für mehr. Aber jetzt bin ich ein seriöser Geschäftsmann."

Mein Magen verknotete sich. Ich saß zwischen allen Stühlen, und rechtlich gesehen konnte ich nichts tun.

„Was wollen Sie dann, McKay?", fragte ich.

Ich leckte mir ängstlich über die Unterlippe angesichts der seltsamen Energieströme, die in Wellen von ihm ausgingen.

Sein Blick wanderte von meinem Gesicht zu meinem Körper und dann wieder zurück. „Oh, Darling, ich kann Ihnen gar nicht sagen, was ich alles von Ihnen will. Sie würden Ihre hinreißenden Beine in die Hand nehmen und sofort aus dem Raum rennen. Aber die Frage ist, was wollen Sie, Ms. Michaels?"

Hat er seinen verdammten Verstand verloren?

So heiß er auch war, ich würde ihn nicht ficken, selbst wenn sein Schwanz aus purem Gold wäre.

„Ich will, dass Sie mich aus diesem verdammten Deal rauslassen", brummte ich.

McKay lachte kalt auf. „Das wird nicht passieren. Weiter", sagte er fast höhnisch.

„Wenn Sie wollten, könnten Sie", antwortete ich.

Sein Gesichtsausdruck verriet nichts. „Mein Geschäft ist es, Geld zu verdienen, nicht, es zu verlieren. Unser Handel bleibt bestehen." Seine Stimme war fest.

Ich hob mein Kinn und starrte ihn weiter an. Mehrere

Momente lang sagte ich nichts, während er mich weiter beobachtete.

„Das ist verdammt lächerlich", schnauzte ich. „Vielleicht ist es sogar illegal."

„Selbst Sie glauben diesen Scheiß nicht wirklich." Die Härte in seiner Stimme jagte mir einen Schauer über den Rücken.

Ich verbiss mir das Schimpfwort, das mir auf der Zunge lag. Ich wusste, dass ich für immer an ihn gebunden sein würde. Seinem konzentrierten Blick nach zu urteilen, war es genau das, was er wollte.

„Und wie lange wird diese Geschäftsbeziehung andauern?"

„Bis ich der Meinung bin, dass die Schuld vollständig beglichen ist", meinte er und ließ seine Worte ein paar Sekunden lang wirken.

Mein Blut gefror in meinen Adern. „Scheiß auf Sie! Ihnen gehört vielleicht die Firma, aber ich gehöre Ihnen nicht."

Seine Hände krampften sich zusammen und lösten sich wieder, bevor er mich am Arm packte und gegen die Wand drückte. Mit einer raschen Bewegung hob er meine Arme über meinen Kopf. Seine Zunge fuhr in meinen Mund, während seine andere Hand mit entfesselter Wut nach meinem Hinterkopf griff.

Die letzten Fetzen meiner eisernen Kontrolle lösten sich auf, als sein Mund mich mit einer zurückhaltenden Sinnlichkeit verschlang, die meine Möse sich vor Leere zusammenkrampfen ließ.

Ich öffnete meinen Mund weiter und schob meine Zunge zwischen seine Lippen. Ich stöhnte auf und schmeckte einen Hauch von Kaffee und Zigarre. Meine Gedanken wirbelten durcheinander, als ich seinen Kuss mit all der aufgestauten

Wut, Leidenschaft und der verdammten Anziehung, die ich verzweifelt verleugnet hatte, erwiderte.

Ich schämte mich dafür, dass ich ihn wie keinen anderen begehrte.

Die plötzliche Erkenntnis, dass dieser Mann mein Verderben sein würde, drehte mir den Magen um.

Als ob er meine Gedanken lesen könnte, brach er den Kuss abrupt ab und starrte mich mit wissenden, harten Augen an. „Vielleicht gehörst du mir jetzt noch nicht, aber ich werde dich schon noch besitzen", versicherte er mir mit stählerner Stimme, bevor er zurückwich.

Ich stand an der Wand und zitterte wie eine Idiotin, während ich beobachtete, wie er sich umdrehte und zur Wand mit den deckenhohen Fenstern schritt.

„Sie können jetzt gehen, Ms. Michaels", zischte er und entließ mich damit.

Mehrere Augenblicke lang starrte ich schockiert auf seinen breiten Rücken. Schließlich sammelte ich den Rest meiner Selbstachtung zusammen und verließ den Raum.

Auf wackeligen Beinen betrat ich den Aufzug und lehnte meinen Kopf gegen die Wand, während mein Geist vor Verwirrung vernebelt war.

Ich schluckte schwer, als die Tür zuglitt.

Gerade als ich dachte, ich hätte meinen Frieden mit dem Universum gemacht, als ich dachte, der Erfolg wäre zum Greifen nah, zeigte mir das Schicksal höhnend den Stinkefinger.

Tränen kullerten mir über die Wangen, als mich Bedauern und Furcht überkamen.

Ich habe gerade einen Pakt mit dem Teufel geschlossen.

* * *

WENN IHNEN „VERDREHTE LÜGEN" gefallen hat, werden Sie den nächsten Teil von Cores und Sins Geschichte **„VERDREHTE LÜGEN 2"** verschlingen! Lesen Sie weiter, um einen Vorgeschmack auf **„VERDREHTE LÜGEN 2" zu bekommen!**

Abonnieren Sie meine Newsletter, um über neue Veröffentlichungen, Bonus Szenen oder Sales auf dem Laufenden zu bleiben.

https://sedonavenez.com/german-books/

ÜBER DIE AUTORIN

USA TODAY BESTSELLER-AUTORIN SEDONA VENEZ lebt in New York City mit ihrem heißen Ex-Militärgatten – und ihren Fellbabys. Sie liebt es, prickelnde, sexy und komplizierte Geschichten über starke, aber gebrochene Figuren zu schreiben, die ihre Grenzen überschreiten, ihre Ängste überwinden und alles für die Liebe riskieren.

Sedona liebt es, mit ihrer Leserschaft in Kontakt zu bleiben!
www.sedonavenez.com

www.ingramcontent.com/pod-product-compliance
Lightning Source LLC
Chambersburg PA
CBHW071944190726
48293CB00004B/1346